LA FEMME INTERDITE

Du même auteur

Les enfants de Gaston : la bataille pour Marseille, Lattès, 1989.
La veuve : un roman vrai, l'affaire Boutboul, Fayard, 1994.
Monsieur Gendre : le roman vrai de l'affaire Botton, Fayard, 1995.
Lignes de fuites, poèmes, Pauvert, 1999.
Jospin : secrets de Famille, Fayard, 2001.
Castro, l'infidèle, Fayard, 2003 ; LGF, 2007.
La piste andalouse, roman, Calmann-Lévy, 2005, prix Europe 1 ; LGF, 2006.
La guerre des trois, Fayard, 2006.

En collaboration :

Patrick Poivre d'Arvor, *Confessions : conversations avec Serge Raffy*, Fayard, 2006 ; LGF, 2006.
Alain Marsaud, *Face à la terreur : conversations avec Serge Raffy*, Fayard, 2007.

Serge Raffy

La femme interdite

roman

Fayard

ISBN : 978-2-213-63521-7

À Fernando Puig de la Bellacasa.

Elle marchait devant moi, à contre-courant du flux filant vers les bureaux paysagers, les RTT et les pointeuses automatiques. Son imperméable trop grand, kaki, laissait deviner la courbure de ses hanches. Elle flottait dans le couloir du métro, jetant de temps à autre un œil inquiet par-dessus son épaule. Sur les affiches, des filles radieuses en format géant exhibaient des jambes de gazelle sous des trench-coats cotonneux. Elle s'est assise sur un banc à l'extrémité du quai. Genoux serrés, mains posées sur les cuisses. Elle tremblait. Visage d'enfant, lèvres rondes, ourlées, peau cuivrée, et regard intense. Ses vêtements étaient trempés par la pluie. Elle devait avoir entre vingt et vingt-cinq ans. Je n'avais jamais vu une fille comme elle.

Je rentrais chez moi après une journée de travail monotone, au cours de laquelle j'avais compté les heures. Personne ne m'attendait. Je me suis assis sur le banc voisin, guettant un geste qui m'aurait permis d'engager la conversation. Ma gaucherie maladive m'exaspérait. Et comme toujours quand j'étais inquiet, je grattais mon pouce gauche avec mon index, à la naissance de l'ongle, comme pour effacer une tache invisible. Elle était perdue dans ses pensées, repoussant régulièrement une mèche de cheveux qui masquait son visage. Elle laissa passer deux rames de métro. Je n'avais jamais osé aborder une femme dans la rue. Je me jetai à l'eau, le cœur en vrille : « Parisienne ? Provinciale ? Sans doute du côté du Sud-Est ? Vous avez du sang italien, c'est sûr. » Je me sentais un peu ridicule. Je plongeai mon regard dans ses yeux noirs. Visiblement, elle faisait des efforts pour tenter de comprendre ce que je lui disais. Sans doute ne connaissait-elle pas un mot de français. Elle s'engouffra dans la rame suivante en me souriant gentiment, peut-être pour s'excuser de ne pas me répondre. Je vis dans son regard comme un appel à l'aide. Je la suivis. À la station de l'île de la Cité, elle est sortie pour se diriger vers la

Seine. Elle portait des sandales fines qui lui donnaient l'allure d'une ballerine.

C'est comme ça que tout a commencé.

Sur les quais, je l'ai rejointe et j'ai continué à lui parler. J'évitais de la questionner, pour ne pas l'effrayer. Je décidai de me présenter. À brûle-pourpoint, je lui expliquai que j'étais un jeune homme venu du Béarn qui avait voulu se lancer dans la restauration de tableaux. Après trois ans, sans connaissances dans la profession, sans ami, j'avais rabaissé mes prétentions et me contentais désormais d'encadrer des lithographies dans une galerie marchande de Montparnasse. J'avais un projet grandiose qui concernait des œuvres d'art, mais je ne pouvais pas encore l'évoquer officiellement.

« Je m'appelle Georges Compliment. J'ai trente-cinq ans et j'habite dans une petite maison à la Butte aux Cailles dans le 13e arrondissement, rue Michal. Elle appartient à mon oncle, originaire de Pau. Il a fait fortune dans les céréales, et me l'a prêtée pour un an. » J'eus soudain l'impression de lui parler comme si je passais un entretien d'embauche. Quel intérêt cette inconnue pouvait-elle trouver à l'évocation d'un oncle milliardaire ? C'est un gros défaut chez moi. Je parle toujours à côté de la plaque.

Je poursuivis néanmoins mon récit sur mon parent si généreux. Il avait décidé de faire le tour du monde après avoir consacré quarante ans de sa vie au négoce du maïs. J'avais pour mission d'occuper sa maison le temps de son périple et, bien sûr, de l'entretenir. J'étais un gardien de luxe. Pour quelqu'un sans ressources, c'était inespéré.

Elle s'est assise sur un banc, en face du Quai des Orfèvres. Je l'ai imitée. Maintenant, elle me souriait plus franchement et me regardait presque avec amusement. J'étais tout de même étonné de son silence persistant. Je l'interrogeai sur ses origines. Je citai une liste de pays : Espagne, Italie, Grèce, Turquie, Israël, Liban ? Ses longs cheveux noirs légèrement bouclés, ses épais et ténébreux sourcils me conduisaient autour du bassin méditerranéen. Son mutisme était comme une invite à poursuivre. À chacune de mes questions elle répondait par une moue désolée. J'en pris mon parti et en conclus qu'elle était muette. Nous nous sommes levés en même temps et avons longé la Seine, puis nous sommes partis vers la rue des Saints-Pères et, par la place Saint-Sulpice, nous avons rejoint le parc du Luxembourg. Elle me suivait sans un mot.

Nous nous sommes arrêtés dans la partie nord-est du parc, dans l'aire réservée aux joueurs d'échecs. Deux vieux messieurs, le visage buriné, marqué par une extrême concentration, disputaient une partie sévère. Elle semblait connaître ce jeu.

De nouveau, je lui demandai son nom et son âge. Je mimai la présentation de papiers d'identité. Elle me fit non de la tête. J'en déduisis qu'elle était une sans-papiers, qu'elle était clandestine dans notre pays. Avait-elle un endroit où dormir ? Elle semblait ne pas comprendre. Je joignis mes deux mains contre mon oreille droite en penchant la tête. Ses yeux se sont embués de larmes. J'étais bouleversé. J'ai supposé qu'elle venait de loin. De très loin.

Il était dix-neuf heures. Il fallait que je dîne. J'ai la manie de la ponctualité et je ne saute jamais un repas. Je ne pouvais pas planter mon inconnue au milieu du parc. Je l'ai emmenée dans un restaurant italien. Elle mangeait avec gloutonnerie, buvait cul sec le vin des Pouilles que j'avais commandé, en me jetant un regard malicieux. Son visage s'est empourpré. Elle se détendait. Moi aussi. Elle me devenait presque familière. Sans doute à cause de ce plaisir féroce qu'elle exprimait en dévorant ses *spaghetti vongole*. J'avais l'impression de l'avoir toujours connue. J'en profitai pour l'interroger sur son itinéraire. Elle restait désespérément silencieuse. Je ne pouvais faire appel qu'à mon intuition. J'ai pensé au pire : elle avait été enlevée et elle tentait d'échapper à ses bourreaux. Tout à coup, j'eus une certitude : j'avais en face de moi une femme en danger de mort. Ces salauds devaient être à sa recherche. Un instant, j'ai envisagé de la conduire à la police. Quelques minutes plus tôt, nous étions assis devant le siège de la PJ. Il suffisait d'y retourner pour la mettre à l'abri. Je me suis souvenu qu'elle n'avait pas de papiers sur elle et sans doute aucune envie de finir au poste. Peut-être était-elle entrée clandestinement en France. Je ne savais que penser. C'était un ange sans voix. Il lui fallait un asile, un lieu sûr. Je lui ai proposé de l'héberger quelques jours. Elle a gardé les yeux baissés. Pour la première fois de mon existence, j'étais confronté à un choix brutal. Jusqu'à présent, je m'étais toujours comporté dans la vie en fuyard. J'étais de la catégorie des princes de l'esquive, des pusillanimes, de ceux qui ne savent jamais quelle destination de vacances leur convient et qui tranchent au dernier moment, sous la pression. J'avais le même problème dans la vie quotidienne : au restaurant, je changeais dix fois d'avis sur le choix de mon menu, selon les plats que j'apercevais sur les tables voisines. Cette indécision maladive était un handicap majeur dans ma vie professionnelle. Après quelques expériences malheureuses dans les sections « restauration » de plusieurs musées, je m'étais résigné à travailler comme simple employé dans un magasin d'encadrement, une tâche plus adaptée à mes compétences. À ce poste, qui ne réclamait aucun esprit d'initiative, je pouvais dissimuler mon « infirmité ». Là, face à l'ange, j'étais piégé. Je me sentais dans la peau de celui qui trouve un nouveau-né devant sa porte en plein hiver. Un instant, j'ai failli prendre mes jambes à mon cou et disparaître. J'ai pris sa main. Elle était amorphe. Jamais je n'avais connu ce sentiment mêlé de toute-puissance et de terreur devant l'inconnu. La compassion pour mon invitée surprise n'était peut-être due qu'à une excitation quasi adolescente devant l'aventure qui s'offrait à moi. Ou bien étais-je en train de découvrir des motivations plus troubles, des sensations qui n'avaient que peu de rapport avec la bonté d'âme ? Du plus loin que je me souvenais, la notion de charité ne m'avait jamais effleuré l'esprit, même à l'époque du catéchisme. Il y avait autre chose dans ma démarche de Bon Samaritain. Quelque chose que je pressentais depuis longtemps mais que j'étais incapable de définir. Durant le trajet en métro pour aller chez moi, elle me jeta des coups d'œil interrogateurs, vaguement inquiets. Elle avait l'air épuisée et marchait avec de plus en plus de difficultés, sans doute à cause du froid. Dans ses vêtements mouillés, elle commençait à grelotter.

Une fois dans le village de la Butte aux Cailles, elle a semblé reprendre un peu d'assurance. À tout instant, je craignais de la voir s'enfuir. Sa docilité me paraissait plus qu'étrange. Parfois, elle semblait me suivre comme un automate. Parfois, je sentais dans son bras comme une résistance. Elle pouvait me tirer sa révérence d'une seconde à l'autre et m'abandonner sur la chaussée. Il fallait la distraire, ne pas lui laisser de répit. Je me lançai dans une longue tirade sur le quartier. Je jouai le guide touristique, racontant l'histoire de cet îlot silencieux, protégé de la voracité des promoteurs par un sous-sol calcaire et une rivière souterraine, la Bièvre, qui interdisent toute construction géante. Elle écoutait distraitement, ou du moins faisait semblant. Je m'enflammai. La Butte aux Cailles, poursuivis-je, est une enclave provinciale, faite de ruelles pavées, de venelles grimpantes et de jardins protégés par des murets de pierre. J'expliquai à mon invitée qu'une promenade sur ce territoire hors du temps était comme une manière peu onéreuse de quitter Paris. Je sentais que ma soudaine expansivité l'amusait. Elle ne comprenait peut-être rien à mon laïus, mais ma fougue balbutiante la ravissait. Une part de ma timidité s'était volatilisée. Était-ce l'apparition impromptue du soleil ? Ou bien la certitude qu'elle ne pourrait plus m'échapper, que nous approchions du but ? Je lui serrai la main plus fermement, terrorisé à l'idée de la perdre. Quelle folie étais-je en train de commettre ? Mon pouls battait furieusement. Je pouvais encore tout arrêter, m'évanouir dans la nature sans un mot, ou bien lui remettre un billet de cinquante euros et lui conseiller un hôtel où se reposer. Je palpai la poche droite de ma veste. Le trousseau de clés était bien là. En arrivant devant la maison, j'ai ouvert lentement la lourde porte en chêne. J'ai regardé la jeune fille dans les yeux et lui ai posé délicatement la main sur l'épaule, en murmurant : « N'ayez pas peur. Désormais, vous êtes en sécurité. »

Le commandant Firmin Degas ne parvient pas à trouver le sommeil. Est-ce le dossier Compliment qui lui tourneboule le cerveau ? Et puis, Paris est écrasé par une canicule de fin du monde. Les pales du ventilateur grincent au-dessus du lit. Firmin cherche la bonne position pour s'endormir. Il finit par rallumer la lampe de chevet.

Firmin, quel prénom ringard. Ses parents l'ont choisi pour honorer la mémoire d'un grand-père résistant dans la vallée d'Ossau. L'aïeul avait appartenu au maquis chargé de faire passer des familles juives en Espagne. Pendant des années, on avait rabâché au gamin cette légende du héros des cimes, seigneur du cirque de Gavarnie, plus vif qu'un isard et plus rusé qu'un vautour d'Aragon. Firmin porte encore aujourd'hui cette geste du saint laïc comme un fardeau, avec résignation et désinvolture. Comme s'il avait reçu un devoir d'héroïsme en héritage. Il a fini par s'habituer à ce prénom de cour de ferme. Par chance, ce nom de baptême singulier est revenu à la mode en entrant dans le panthéon des prénoms branchés. Les « bobos » se sont entichés de ces noms d'autrefois, par nostalgie d'une époque d'avant la crise pétrolière. De fait, à trente-huit ans, le capitaine est une espèce de rescapé de la France du début du XXe siècle. Un curieux reliquat d'un temps révolu. Son travail à la Criminelle lui va comme un gant. L'instinct meurtrier, dit-il, est intemporel. Le Mal n'a aucun lien avec la modernité. Il est dans l'homme. Cette conviction lui évite de se perdre dans les laboratoires de la police scientifique, nouvelle toquade qu'il laisse à ses subordonnés. Tous les jeunes collègues qui débarquent à la Crim' ont été abreuvés au scientisme des feuilletons américains, exaltant la toute-puissance des hautes technologies, des recherches d'ADN, du langage des micro-fibres abandonnées sur la scène de crime. Un microscope ne ment pas, disent-ils. Firmin Degas se plaît à mettre en pièces ces belles certitudes. « La supériorité des machines ? Marketing des multinationales américaines, assène-t-il. Concentrez-vous sur l'essentiel. Pas de diversion, regardez le criminel dans les yeux ; il finira par vous dire quelque chose. » Les jeunes recrues écoutent généralement le maître, bouche bée, puis retournent à leurs i-pod avec la sensation d'avoir croisé un brontosaure.

Firmin Degas s'apprête à relire le dernier procès-verbal d'interrogatoire de Georges Compliment quand le téléphone sonne. Il est trois heures du matin.

– Allo, Firmin, c'est Marie. Je voudrais te parler de monsieur Georges. Je ne te réveille pas ?

– À ton avis ? maugrée le policier.

– Quelque chose me turlupine avec cette femme, poursuit Marie. J'ai le sentiment que sa séquestration ne l'a pas atteinte.

– L'expert psychiatre qui l'a vue avant-hier parle d'euphorie, mais aussi de séquelles invisibles qui peuvent apparaître bien plus tard. Et elle a été recluse pendant plus d'un an. Qu'est-ce qui te permet de supposer un truc pareil ?

– Intuition féminine !

– Méfie-toi de tes intuitions, Marie. La dernière fois, tu es allée un peu vite. Ne t'emballe pas. On en reparle demain ?

– Je peux être là dans dix minutes.

– Marie, nous sommes collègues. Rien de plus. Ne complique pas les choses, s'il te plaît. Essaye de dormir quelques heures.

– Bien, chef. *A su orden, comandante !*

– Arrête tes conneries, Marie. Et sur son identité, tu as du nouveau ?

– Les fichiers des disparitions n'ont rien donné. Ceux des empreintes non plus. L'enquête de voisinage, pas plus. Cette nana est un vrai mystère.

– Quand tu auras le rapport complet de la perquis', viens me voir. On fera le point. Il reste toujours un détail qu'on n'a pas remarqué. Allez, *good night*, agent Lévine.

Avant de raccrocher, Firmin Degas entend comme un léger soupir à l'autre bout du fil.

Le capitaine Marie Lévine et le commandant Firmin Degas se sont connus quand celle-ci dirigeait la section opérationnelle de la brigade des mineurs, où elle s'est fait une solide réputation de risque-tout et d'enquêtrice infatigable.

Pour elle, un dossier n'est jamais bouclé. Elle a eu son heure de gloire, quelques années plus tôt, dans l'affaire de la petite Julie Lebée, une gamine de huit ans disparue quand elle en avait trois. Marie n'a pas abandonné, et, malgré la clôture du dossier décidée par un juge d'instruction débordé et défaitiste, elle a fini par retrouver sa trace. Julie était vivante, contre toute attente. Elle n'avait été ni violée ni torturée. La gamine avait été kidnappée par une femme stérile qui l'avait élevée comme sa fille, lui faisant croire à la mort de ses parents. Marie a eu droit à la une des journaux, ce qui a redoré le blason de son service, surnommé « la brigade-maman », allusion au côté assistante sociale de sa chef, vouée à la recherche d'enfants fugueurs, victimes de violences familiales... Ce succès l'a propulsée à la brigade criminelle, l'aristocratie de la PJ, et dans les bras d'un certain Firmin Degas, un des as du « 36 », un flic considéré comme froid et méthodique, pour qui les enquêtes policières se résolvent comme des équations à plusieurs inconnues. Ce détachement a intrigué Marie, la novice. Très vite, elle a compris l'évidence : ce cynisme n'est qu'une carapace contre la noirceur. Elle a aussi remarqué l'incroyable finesse de ses mains, longues, presque féminines, qui semblent avoir été posées par erreur sur son corps de bûcheron. Par quel miracle la nature a-t-elle octroyé des doigts de pianiste à un type à la carrure de deuxième ligne de rugby ? Degas arrive sur les lieux du crime dans son éternel costume en velours châtaigne, avec ses mocassins impeccablement cirés, et semble considérer la victime avec un ennui incommensurable. C'est sa manière à lui d'entrer en scène.

À la Crim', chacun avait ses petites manies, ses ruses pour ne pas sombrer dans l'horreur. « Chacun refoule à sa façon », a expliqué Firmin à Marie en utilisant à dessein le lexique analytique. Les champions du refoulement, dans la longue chaîne judiciaire, étaient de loin les médecins légistes. Au début, Marie a eu les pires difficultés à comprendre leur humour grinçant, leurs babillages indécents, leurs blagues salaces au-dessus des cadavres sentant le formol. Elle était scandalisée par leur irrespect devant des êtres humains qu'ils dépeçaient comme des lapins. « Ils refoulent, ils refoulent », lui répétait sans cesse Firmin. Mais rien n'y faisait. Elle ne supportait pas qu'on prît la mort à la légère. Au cours d'un apéritif, un légiste lui avait glissé qu'il refusait d'autopsier les cadavres d'enfants. Enfin, pensa-t-elle, soulagée, un type normal. Mais il avait ajouté, en pouffant, au creux de son oreille : « Les gamins, c'est moins bien payé… »

« Moi, pour évacuer l'anxiété, lui disait Firmin, je fais des mathématiques, je mets de la géométrie dans la folie des hommes, je rationalise… » Marie a découvert en Firmin Degas un type à fleur de peau, un sensible qui contrôle ses angoisses en les corsetant dans la théorie des nombres. Quand il travaille sur ses dossiers, il écoute Bach ou Bartok, affublé d'écouteurs énormes qui lui donnent des airs de Mickey Mouse. Est-ce le jour où elle l'a vu ainsi, seul dans son bureau, si concentré et rêveur à la fois, en apparence si loin du monde, que Marie est tombée amoureuse de lui ? Elle l'a trouvé ridicule avec son allure de preneur de son des débuts de la radio. C'était un flic singulier. Il émanait de lui un mélange de désinvolture et de détermination qui lui donnait une gravité joyeuse. Aimait-il vraiment son métier ou bien faisait-il semblant ? Cette manière d'intellectualiser un travail dont la brutalité est l'essence le lui rendait suspect. Elle l'a observé, à moitié dissimulée, puis s'est moquée ouvertement de lui. Ce jour-là, il écoutait le quatuor opus 17 numéro deux, de Béla Bartok.

Avant qu'elle prononce un mot, Firmin lui a tendu ses grandes oreilles. Marie a eu le sentiment d'être poussée au pied d'un étrange Meccano musical, enchevêtrement de lignes mélodiques, lancinantes et puissantes à la fois, entre le bourdonnement et la complainte. Ces mélopées grinçantes peuvent vous propulser dans une galaxie aux contours plus noirs que tous les crimes. Même les allégros sentent la terreur de la mort et du précipice. Le monde réel paraît alors apaisé, presque paradisiaque. Marie a rendu les écouteurs, amusée par sa découverte : Firmin venait, sans le vouloir, de lui offrir les clés de son monde intérieur. Pour la première fois, il a remarqué que sa collègue avait les yeux verts, qu'elle était une vraie rousse, que son visage était constellé de taches de son et qu'elle portait un tailleur de marque merveilleusement bien coupé qui lui donnait l'allure d'une *golden girl*. Il lui a posé cette question idiote :

– Tu aimes porter des tailleurs ?

– Non, je déteste, a-t-elle répondu sèchement.

Penaud, Firmin en est resté là. Marie lui a sauvé la mise en lui lançant :

– Pourquoi as-tu besoin de cette musique pour travailler ?

– Tu vas sans doute me trouver bizarre, mais elle me rassure. C'est comme un baume, un onguent protecteur. Et puis, surtout, elle me donne une capacité de concentration que je n'aurais pas sans elle. Elle me met en transe. Et là, je commence à réfléchir.

– Tout seul, tu n'arrives pas à penser ?

– Non, tout seul, je ne pense rien...

Ils ont été amants le soir même. Le bûcheron et la brindille rousse. Pendant l'amour, Firmin tentait de retenir le torrent qui grondait en lui, charriant tous les malheurs du monde, visage d'enfants torturés, femmes souillées, vieillards mutilés, grimaçants et hurlants. Dix ans d'affaires criminelles emmagasinées dans l'inconscient, ce petit grenier où l'on entasse tout, rêves fracassés, désillusions d'enfance, manque d'amour. Firmin était vulnérable, et ce qu'il a livré durant ces minutes d'abandon était le visage d'un homme aux abois. Il était au bord des larmes. Marie l'a cajolé jusqu'à ce que cessent les tremblements. Au réveil, Firmin avait repris le contrôle de lui-même. Ils ont avalé leur petit-déjeuner sans prononcer un mot, sans se regarder. Deux amants effrayés par les béances que chacun avait découvertes chez l'autre et la conscience d'avoir livré les siennes. Dès le premier jour, ils s'étaient aventurés trop loin en terre étrangère. Marie a senti qu'il fallait garder un peu de distance, éviter de piétiner le jardin secret de Firmin. Par la suite ils se sont revus toujours chez elle, dans son deux-pièces de la rue de Bièvre, près de l'île Saint-Louis. Ils avaient, d'un commun accord, décidé que leur relation resterait secrète. Pas question de l'officialiser au bureau. Trop compliqué. Firmin débarquait parfois chez Marie, sans prévenir. Leurs étreintes étaient toujours furieuses et silencieuses. Un matin, elle l'avait prudemment interrogé sur son passé sentimental, il lui répondit en la fixant dans les yeux : « Pardonne-moi... » Et il partit. Au fond, elle ne savait rien de lui. À part une chose : l'amour le rendait triste.

Les premiers jours, elle dormit comme une souche. Je lui apportais ses repas dans la chambre d'ami où je l'avais installée, au deuxième étage, sous les combles. C'est un endroit que j'aime. Il y a une grande verrière qui donne sur les toits de Paris. Mon oncle y a mis des plantes vertes, deux ficus et un palmier nain. Le lit n'est pas grand, mais il est de très bonne qualité, comme tous ceux de la maison. Mon oncle est un maniaque de la literie. Il choisit matelas et sommiers au Bon Marché. Il dit que le sommeil est trop important pour ne pas être pris au sérieux. Dans un des placards de la cuisine, il a stocké des tisanes relaxantes à base de tilleul et de gentiane. J'en ai servi une à mon invitée dès le premier soir. Le goût est douteux, mais l'effet immédiat. J'en prends moi-même régulièrement, car je suis persuadé que ces plantes médicinales douces ont un effet bénéfique sur les rêves. Elle but d'un trait ma potion magique, en toute confiance. Elle s'endormit comme une enfant. Je restai à son chevet.

Cette nuit-là, son souffle ressemblait à une longue plainte. J'ai soulevé les draps pour vérifier son état. Je ne m'étais pas trompé. Son corps était couvert d'ecchymoses. Ses poignets étaient marqués comme si elle avait été ligotée. Les plaies étaient encore à vif. Pour connaître son identité, j'ai fouillé son petit sac à main, bordé de paillettes argentées. Il n'y avait pratiquement rien à l'intérieur : une boîte de médicaments et un roman de Le Clézio, *Lullaby*, un conte pour enfants. La présence de ce livre m'apparut comme un signe du destin, car j'étais un fervent lecteur de l'écrivain niçois. J'avais lu toute son œuvre, à l'exception de ses contes pour enfants. *Lullaby* était le fil invisible qui me reliait à ma « naufragée ». Ainsi, rien de ce qui venait de m'advenir n'était fortuit. Tout cela avait un sens. Je me suis plongé dans l'ouvrage et l'ai lu d'un trait, à la recherche d'un code secret.

C'est une ode à la liberté, pleine de sel et d'embruns. Lullaby, une adolescente qui fait l'école buissonnière, y joue les sauvageonnes de bord de mer. Enfant de l'océan, elle parle aux vents et aux marées. Elle vit nue, sur la plage. Mon « invitée » avait laissé un marque-page au milieu du livre. Avant de m'endormir, je fus saisi par le doute. La jeune femme lisait un auteur qui s'exprime dans la langue de Voltaire. Mon scénario d'une étrangère échappée d'un bordel de la Méditerranée s'effondrait. Elle était peut-être française. Et cultivée. J'échafaudai une nouvelle hypothèse, celle d'une femme battue, une jeune bourgeoise fuyant un milieu familial violent, dominé par un père despotique. *Lullaby*, pensai-je, était un sauf-conduit vers la liberté. Ma naufragée était peut-être une fugueuse. Je ne savais plus que penser.

Le lendemain matin, je voulus l'aider à soigner ses blessures. Quand je m'approchai d'elle, muni de la trousse à pharmacie, elle eut un mouvement de recul. Elle se mit à trembler et me lança un regard de terreur comme si j étais un tortionnaire. Pour ne pas l'apeurer, je me tins à distance et déposai du coton et de l'alcool à 90° sur la table de nuit, lui laissant le soin de désinfecter ses plaies elle-même. Elle se calma aussitôt. Je m'apprêtai à sortir de sa chambre quand j'entendis comme un grognement. Elle me fit signe de rester. Elle acceptait que je joue les infirmiers. Je tamponnai délicatement sa nuque où s'étalait une large plaie, ses poignets tailladés, ses cuisses marquées d'énormes bleus en auréoles, ses mains encore rouges des coups dont elle avait tenté de se protéger. Elle fixait le ciel, serrant *Lullaby* contre sa poitrine, comme si elle avait peur qu'on lui vole son seul bien. Elle gémissait. À la fin des soins, elle sombra dans un lourd sommeil.

Au troisième jour, je lui demandai si elle avait une famille à prévenir, à Paris ou ailleurs. Si elle souhaitait que je joigne un avocat, ou la police. Elle ne me répondit pas. Elle restait murée dans un silence craintif. Je lui proposai de l'abriter chez moi jusqu'à ce qu'elle soit totalement rétablie ; nous aviserions ensuite. Elle me sourit faiblement, et je compris que cette solution lui convenait. Je faisais fonction de garde-malade et cette charge soudaine me ravissait. Je finis par prendre goût à nos tête-à-tête. J'étais un infirmier modèle, discret, silencieux, attentif. Moi, le fils unique, j'avais le sentiment de prendre soin d'une petite sœur atteinte d'un mal mystérieux. À son contact, je devins économe de mes mots. J'avais encore du mal à comprendre comment cette femme pouvait faire confiance à un parfait inconnu, se laisser soigner et nourrir sans chercher à fuir.

Au bout d'une semaine, ma curiosité finit par l'emporter sur mon altruisme. Je voulais tout savoir sur elle. Pour entamer notre premier dialogue, nous avons instauré une règle : elle devait cligner des paupières ; pour « oui », un seul clignement ; pour « non », deux ; pour « peut-être », trois. C'était long et fastidieux, mais ma convalescente se prêtait à cet exercice avec une patience étonnante. Nous cheminions lentement, pas à pas, sur une curieuse piste, à la recherche de son histoire. Je lui présentai des atlas pour déterminer son pays d'origine, ainsi qu'une liste de plusieurs centaines de prénoms. Un soir, alors que nous en étions à la lettre « L », elle opina pour Lili mais aussi pour Lisa. Quand je lui proposai Lila, elle bondit de joie. J'avais l'impression de lui donner la vie en prononçant son prénom. Je baignais dans l'euphorie. Au fil des jours, je parvins à me convaincre qu'elle était d'origine serbe. Ses yeux s'étaient éclairés quand j'avais pointé la carte de l'ex-Yougoslavie, puis Belgrade.

Un bout de l'Europe des Balkans s'était infiltré dans la maison de la Butte aux Cailles. Que faire de Lila ? J'envisageai une nouvelle fois de prendre contact avec la police, malgré son refus. J'étais partagé. Si elle était entrée clandestinement sur le territoire français, je ne pouvais prendre le risque de la faire envoyer dans un centre de rétention pour étrangers : c'était la certitude d'une reconduite rapide à la frontière. Je décidai de remettre le problème à plus tard.

Lila passait ses journées allongée sur le canapé du salon du rez-de-chaussée, reprenant peu à peu des forces. Je la retrouvais le soir, rêveuse, dans la même position, couchée sur le côté, appuyée sur un coude. Elle semblait n'avoir rien fait d'autre de la journée qu'attendre mon retour. Cette routine commença à m'angoisser. L'attitude de Lila m'intriguait : chaque jour plus confiante, apaisée, revigorée, elle paraissait, dans le même temps, lointaine, évanescente, absente à elle-même. Il fallait rompre ce cercle vicieux où tous les instants se ressemblaient. Je lui demandai si l'idée de sortir prendre l'air la tentait. Elle cligna deux fois des paupières. Je l'invitai à une promenade dans le parc Montsouris. Elle me fit comprendre qu'elle n'avait aucune envie de bouger. Elle n'était toujours pas prête à affronter le monde extérieur. Un simple grondement d'avion la paniquait. La sonnerie de la porte d'entrée la laissait tremblante. Si je sortais faire des courses ou quand je partais à mon travail, elle insistait pour que je ferme tout à clé. Je la sentais si fragile. Je n'osais aborder les épisodes douloureux de sa vie. Le soir, je l'aidais à prendre son bain, car elle avait encore des difficultés à se mouvoir. Je me penchais sur son lit, sans un mot. Elle passait un bras derrière mon cou, s'agrippait à mon épaule. Elle sentait le sucre vanillé. D'une démarche hésitante, nous allions à la salle de bains. Je lui retirais son peignoir en détournant la tête. Mon regard filait vers le miroir au-dessus du lavabo dans lequel je pouvais entrevoir sa nuque, ses épaules nues, ses longs cheveux noirs qui lui frôlaient le bas des reins. Je chapardais des bouts d'image, le cœur battant la chamade, avant qu'elle plonge dans l'eau. Mes émois restaient chastes. Je m'étonnais de ne ressentir aucun désir pour Lila. Pourtant, j'étais fou de ses courbes, ses fesses rondes, ses épaules délicates et ses seins lourds. Je la regardais à la dérobée rejeter ses cheveux noirs en arrière. Elle ne s'en offusquait pas. Au contraire, je crois qu'elle aimait la manière dont je la regardais. Je la voyais comme un tableau vivant, une baigneuse de Gauguin. Je ne cherchais pas à comprendre ce qui se passait en moi. L'idée de la posséder me paraissait criminel. Je l'effleurais parfois, surtout quand je l'aidais à s'habiller dans les premiers jours.

Au cours de ces séances intimes, je remarquai dans son dos une longue cicatrice qui partait du coccyx pour finir au milieu de la colonne vertébrale. Je l'interrogeai par gestes à ce sujet, multipliant les hypothèses. Avait-elle été victime d'un accident de la route, d'un bombardement durant la guerre des Balkans ou bien d'un tortionnaire ? Elle ne parvint pas à me répondre clairement. Elle était désespérément muette. Je n'insistai pas, préférant laisser le temps faire son œuvre. Elle attendait de moi une présence distante, comme aux premiers jours. Je restais disponible et discret. Je lui achetais chaque semaine les gels de bain à la figue, de marque anglaise, dont elle raffolait. Puis, assis sur un tabouret à côté de la baignoire en poudre de marbre que mon oncle avait achetée en Italie, je lui lisais un de mes romans préférés de Le Clézio, *Ourania*, l'histoire d'un géographe qui part à la recherche d'une cité idéale, utopique, Campos, au Mexique, où les hommes vivent libres et égaux, sans contrainte. Un monde impossible. Je n'osais lui expliquer pourquoi le travail du romancier me bouleversait. La plupart de ses héros sont des hommes en quête de rationalité dans un univers chaotique et insensé. Ils tentent désespérément de trouver un Graal improbable. Au fond, peu importe ce qu'ils cherchent, seule compte la quête, portée par une écriture puissante et légère comme le vent du désert. Ainsi, chaque soir, grâce à Le Clézio, je partais en voyage avec elle. Peu à peu, j'eus le sentiment que Lila reprenait goût à la vie. J'étais sa dame de compagnie, son frère d'infortune, son liseur de bonnes aventures. En soignant Lila de toutes ses meurtrissures, c'est moi que je guérissais. J'avais trouvé ma mission terrestre. Lila était ma bénédiction.

Au fil des jours, elle devint plus autonome. Ses plaies cicatrisèrent. J'avais renoncé à faire venir un médecin. À cause des réticences de Lila, mais aussi de mes propres craintes. J'avais un désir très modéré de voir un praticien mettre son nez dans notre histoire. Je me surpris à penser que le mutisme de Lila me plaisait. Certains esprits tordus auraient pu y voir un vieux fantasme masculin assouvi par hasard : avoir à sa merci une femme fragile, silencieuse et soumise. Étais-je donc un pervers qui s'ignorait ? En tout cas, j'avais décidé de mettre Lila hors de portée de la curiosité d'un disciple d'Hippocrate. Pourtant, j'étais terriblement inquiet à l'idée qu'elle pût souffrir de blessures que j'aurais été incapable de déceler. Je lui proposai de passer des radiographies dans un centre du quartier. Elle refusa. J'eus beau la prévenir des dangers d'un tel refus, elle ne voulut rien savoir. Chaque jour, je notais les progrès de son état de santé. Elle recouvrait ses forces. Le meilleur baromètre fut sa fringale de petits plats. Elle avait fini par m'évincer de la cuisine et s'était mise aux fourneaux avec autorité. Elle mitonnait des tomates farcies aux œufs, des légumes grillés à la coriandre. Nous formions sans nous en rendre compte un petit couple tranquille. J'en oubliai presque notre première rencontre dans la rue. Le mystère Lila s'était dissipé. Elle était là. C'était tout.

Pendant la journée, je n'avais aucune idée de ce qu'elle faisait. Elle pouvait piocher dans la bibliothèque de mon oncle, riche en romans policiers, essentiellement américains. Elle pouvait regarder la télévision ou bien des DVD. Elle était libre de ses mouvements, dans un espace clos qu'elle avait librement choisi. Elle avait accès au patio, un petit jardin japonais que mon oncle m'avait demandé d'entretenir, dont elle s'occupait désormais. Le soir, je rentrais à heure fixe. Toujours ma fameuse ponctualité. Lila appréciait ma régularité. Elle m'attendait sur le seuil de la porte et m'accueillait avec un sourire d'épouse modèle. Imperceptiblement, elle s'était installée dans ma vie et ne semblait pas vouloir en sortir. On aurait pu voir en Lila une geisha prévenante et douce. J'étais comblé et terrifié par la situation. Au fond, elle était une passagère clandestine dans une maison habitée par un homme lui aussi de passage. Il m'arrivait de penser que tout cela n'était qu'un rêve, ou bien un piège dans lequel on cherchait à me faire tomber. Je me mettais à surveiller les moindres faits et gestes de Lila. Je tentais de la prendre en flagrant délit de mensonge. Mon obsession était alors de la faire parler ou au moins émettre un son, par surprise. À plusieurs reprises, je l'appelai depuis l'étage, guettant un involontaire « Oui, j'arrive ! », ou je lui fis écouter une musique à son goût, espérant qu'elle se laisserait aller à chantonner comme n'importe quelle fille de son âge. Des traquenards un peu minables qui se révélèrent vains. Pas un murmure, pas un chuintement. Je me heurtais à un mur de silence et d'innocence. Lila n'était pas un cobaye. Je sortais soulagé de ma paranoïa. Je me répétais : « Non, tu ne rêves pas, non, tu ne rêves pas… » Mais une part de moi-même craignait qu'un animateur de télévision vînt bientôt sonner à ma porte pour m'annoncer que le jeu était terminé. Fin de partie. J'avais perdu. Je n'avais pas réussi à faire parler la candidate. Devant une foule hilare, Lila paradait en exhibant le chèque de cent mille euros qu'elle empochait pour avoir résisté à mes assauts. Des écrans rediffusaient les moments forts, ceux où je la reluquais, ceux où je la déshabillais avant le bain, ceux où j'essayais lamentablement de la piéger. Lila riait, entourée par des admirateurs au regard lubrique. Elle avait une voix de crécelle, aiguë, hystérique. Quand ce genre de pensées m'assaillait, je partais dans la rue et m'infligeais de longues marches nocturnes, à vive allure, pour chasser les mauvais esprits. Je sillonnais Paris comme un mort-vivant, finissant ma virée à l'aube sur les quais de la Seine.

Un matin, Lila me fit comprendre qu'elle désirait du papier et un crayon. La pluie cliquetait sur la verrière. Le ciel était gris cendré, pâteux comme du mortier. Je lui apportai un grand cahier Conquérant tout neuf et une poignée de feutres noirs. Sur la première page, elle traça d'une écriture gauche : « Suis heureuse, merci pour tout. »

Elle écrivait en français ! J'aurais dû m'en douter au plaisir qu'elle prenait lors de nos séances de lecture. Comment n'avais-je pas pensé qu'elle pouvait écrire ? Pourquoi avait-elle attendu si longtemps pour me le révéler ? Elle avait écouté mes longs monologues avec une application d'écolière, c'était à n'y rien comprendre. Quelle comédie m'avait-elle jouée ? Pendant quelque temps, je fus de nouveau persuadé que j'étais le jouet d'une manipulatrice. Et puis, devant son sourire de petite fille, je finis par penser que ces quelques mots griffonnés étaient une marque de confiance. J'en conclus qu'elle était, grâce à moi, sur la voie de la guérison. Avec de la persévérance, elle finirait par me parler. Cette perspective me rasséréna et me conforta dans ma méthode douce. Notre relation ne pouvait qu'en être renforcée.

Elle prit un tour plus intime, à mesure que s'additionnaient les cahiers à spirale avec lesquels nous pouvions désormais communiquer. Au début, nous les utilisions exclusivement pour les affaires domestiques. Ainsi, durant les jours qui suivirent, nous avons noirci des dizaines de cahiers que je numérotais et rangeais méthodiquement sur la table de sa chambre. Elle me faisait des listes de courses : sous-vêtements, protections hygiéniques, parfums. Je commençais à repérer ses goûts en matière de nourriture. Chaque matin, elle prenait de la papaye au citron vert avant son café noir sans sucre, signe qu'elle avait vécu ou voyagé dans les pays tropicaux. Grâce aux gestes du quotidien, j'accumulais des petites informations, des pièces qui, je l'espérais, me permettraient de reconstituer le puzzle de sa vie. Elle réclamait souvent des légumes qu'elle préparait de cent façons. Elle ajoutait sur le cahier « Bon pour le transit... » J'y vis de sa part un trait d'humour, mais aussi une obsession de la diététique. Je ne cherchai pas à approfondir cet aspect de son caractère. Quand je rentrais, les bras chargés de victuailles, je lui tendais les brocolis, haricots et salades en lui lançant : « Transit ! » Elle avait alors un curieux rire de fond de gorge, presque étranglé. Son visage rayonnait, mais de son rire émanait une douleur insondable. J'étais envahi par un trouble étrange, un sentiment inconnu. Tout en elle était paradoxe. Elle pouvait passer d'un état d'enthousiasme adolescent à une forme d'hébétude qui me glaçait le sang. En cuisine, aussi, elle multipliait les tête-à-queue. Un jour, elle me proposa de préparer une pizza aux escargots. J'eus une moue dubitative. Elle prit le cahier à spirale et écrivit : « C'est une recette de ma grand-mère. Tu vas aimer. » J'appris ainsi qu'elle avait une grand-mère, peut-être italienne. Je m'exécutai bravement, en lui rapportant l'ingrédient indispensable à la confection de cette recette familiale si éloignée de ses préceptes du bien manger : des gastéropodes, dûment dégorgés, de la Maison de l'Escargot. Pour m'épater, Lila osa plus tard un lapin aux pêches flambées à la vodka. Je finis par m'habituer à ses excentricités. J'étais presque heureux. La vie prenait des teintes bariolées dont j'étais privé depuis si longtemps.

Elle me surprenait par sa fantaisie, et pas seulement aux fourneaux. Elle surgissait parfois dans ma chambre, au petit matin, un roman à la main, pour me faire lire un passage qui l'avait touchée, ou bien pour me montrer la reproduction d'un tableau aperçue dans un magazine. Au cours d'une de ces incursions, elle me tendit le grand cahier à spirale n° 6 en arborant un sourire triomphal. Elle avait rédigé l'histoire d'une partie de sa vie et me l'offrait comme un cadeau inespéré. J'avais l'impression qu'elle distillait les révélations au gré de ses humeurs. J'étais partagé. Dans quelle mesure était-elle sincère ? J'aimais son écriture, ronde et régulière, un peu scolaire, qui, par endroits, devenait heurtée, comme si son récit impétueux bousculait la calligraphie.

Pendant le conflit du Kosovo, fuyant les combats, sa famille avait émigré en Roumanie. Son père, un apparatchik communiste, avait utilisé une filière d'anciens du Parti, membres d'un réseau de soutien exilés à Bucarest. Alors que tous les siens avaient quitté le pays, elle était restée à Pristina, au côté de son fiancé, Anton, un milicien pro-Milosevic. Anton l'avait suppliée de partir. Il la rejoindrait en Roumanie dès la fin du conflit, lui avait-il juré. Sur la route de Bucarest, des miliciens bloquèrent le car bondé dans lequel elle se trouvait et trièrent les passagers. Tous les hommes et les garçons descendirent et furent abattus. Lila, elle, fut embarquée par le chef de la milice, violée pendant plusieurs jours, puis vendue à un réseau mafieux. Jamais elle n'atteignit Bucarest. Pour la jeune fille, ce fut le début de l'enfer. L'enfermement dans une maison de dressage à la frontière albanaise, les tabassages, le vol de ses papiers d'identité, le passage par Trieste, la montée vers l'Allemagne, les Eros Centers de Rotterdam, les bordels de luxe de Madrid, et enfin, Paris, les réseaux de masseuses érotiques. J'étais anéanti. Ce qu'on lisait sur ces mafias spécialisées dans le proxénétisme restait une pure abstraction pour moi. Je fuyais depuis tant d'années la réalité, là, je sombrais dans le cauchemar de l'Histoire.

Lila victime de la violence tribale des Balkans. Je m'interrogeais sur ses subites confessions, sur la joie qu'elle avait manifestée en brandissant ce cahier comme un trophée. Je tiquai un instant mais, très vite, je préférai mettre ces bizarreries sur le compte de ses années noires. Lila, petite pionnière du rêve communiste, broyée, massacrée, souillée. Elle était née dans la Yougoslavie de Tito. Elle avait adhéré aux Jeunesses communistes par discipline familiale, pour ne pas gêner la carrière de son père, et surtout parce que le Parti lui permettait de faire de la danse. Elle appartenait au corps de ballet de Belgrade. Cette affirmation-là, son corps en attestait. Elle était fine et musclée. Le galbe de ses mollets était beau et délicat, et son cou interminable. La même question me hantait cependant : pourquoi avait-elle attendu si longtemps avant d'écrire ? Elle avait consenti au jeu du clignement de paupières pendant plus d'un mois. Elle répondit par un simple mot sur le cahier : « Confiance ». Elle voulait juste avoir confiance. Après le calvaire qu'elle avait vécu, comment aurais-je pu douter d'elle ? Elle ajouta qu'elle avait appris le français au lycée de Belgrade mais aussi chez elle, car son père avait enseigné cette langue avant la guerre, et avait entraîné sa famille dans sa passion francophile. « Chez moi, écrivit-elle, on parlait ta langue même à table. »

Un soir d'automne, elle me présenta le cahier n° 11 d'un air timide. Elle minaudait presque. Elle avait écrit : « Je veux voir tes amis. » Je fus atterré. D'abord parce que je n'avais pas d'amis. Ensuite, cette requête me fit penser qu'elle commençait à s'ennuyer. Depuis son installation, elle n'avait jamais émis le désir de sortir. Je lui posai la question : pensait-elle à un dîner au restaurant ? Elle répondit, en gros caractères : « Non, à la maison. » La formule était incongrue. Lila se sentait donc chez elle avec moi, pour ainsi dire en famille. Mais qu'étais-je pour elle ? Un frère, un père, un mari ? En tout cas, sa requête modifiait singulièrement nos habitudes. J'étais coincé : il fallait que je trouve des amis. Ensuite, que je justifie la présence de Lila chez moi, enfin, plus exactement chez mon oncle. Tout cela me terrorisait. Cette histoire de femme sans papiers, que j'hébergeais clandestinement, commençait à m'angoisser sérieusement. Lila voyait que j'étais perturbé. « Invente une histoire… », me suggéra-t-elle sur le cahier.

Pendant plusieurs jours, je me creusai les méninges, d'abord pour trouver des amis, ensuite pour leur vendre un bobard. J'avais bien sympathisé avec un peintre suédois qui exposait un dimanche par mois sur la place Ferdinand-Brunot, tout près de la mairie du 14e arrondissement. Il s'appelait Gustav Borg – aucun lien de parenté avec le joueur de tennis. Il peignait des croûtes que j'aimais bien. Des banquises avec des croix. Toujours la même chose. Seul le blanc de la neige changeait, en fonction de ses humeurs. Nous nous retrouvions de temps en temps dans un bar du quartier, le Village Daguerre, un bistrot tenu par une certaine Tina, d'origine sarde.

J'ai fini par inviter Gustav Borg et sa femme à dîner à la maison. Lila et moi avions mis au point un scénario. C'est elle qui avait proposé de modifier radicalement sa biographie officielle. Elle m'écrivit un synopsis précis, en ajoutant : « Tu feras cela très bien. » Elle serait, pour un soir, d'origine espagnole. Anthropologue, elle aurait été victime d'un crash aérien, en Amazonie, alors qu'elle se rendait, à bord d'un bimoteur, dans un village d'une tribu indigène. La violence du choc lui avait fait perdre la parole.

Dès le début du repas, Gustav Borg et sa femme se montrèrent passionnés par la vie de Lila. Ils me bombardèrent de questions. Travaillait-elle au CNRS ? Connaissait-elle *Le Serpent cosmique*, l'ouvrage de Jeremy Narby, un chercheur américain qui avait échafaudé une théorie sur l'origine de l'ADN en vivant avec des chamans d'Amazonie ? Est-ce à Madrid qu'elle avait appris la recette de la tortilla ? À chaque question, elle me lançait un regard complice qui me donnait son feu vert pour broder. Je me lançai dans d'interminables monologues. La tortilla ? C'était une vieille gitane de Sanlùcar de Barrameda, un port andalou situé à l'embouchure du Guadalquivir, qui lui en avait enseigné la recette. Lila était allée assister à un colloque d'anthropologues dans la capitale de la manzanille. « Vous connaissez la manzanille ? demandai-je aux Borg. C'est un vin blanc léger produit exclusivement dans ce village. Au cours de ce voyage en Andalousie, poursuivis-je, Lila fit la connaissance de la Duchesse rouge, une aristocrate écologiste qui avait passé de nombreuses années dans les geôles franquistes. Elle descendait en droite ligne des Medina Sidonia, une des plus vieilles familles d'Espagne, qui touchait les droits de passage de tous les bateaux qui partaient pour le Nouveau Monde depuis Séville. La conquête des Amériques en avait fait la dynastie la plus riche du pays. Lila, ajoutai-je, exalté, était fascinée par cette femme libre qui revendiquait son homosexualité dans une région marquée par le machisme. Elle employait la vieille gitane, originaire de Vejer de la Frontera, pour la cuisine. Lila découvrit que la préparation de la tortilla s'apparentait, en Espagne, à un rite ancestral transmis de mère en fille. Mais elle ne peut en livrer le secret. Elle l'a juré à la vieille femme. Sinon, une malédiction pourrait s'abattre sur elle et sa descendance. » À ce moment, Lila écrivit quelques mots sur le cahier pour nos invités : *Peligro, brujas* – « Danger, sorcières » – pour rappeler que l'Andalousie, de Jaén à Cádiz, vivait encore selon d'antiques croyances.

L'épouse de Gustav Borg était envoûtée. Lila me fixait intensément. Mme Borg revint un instant sur l'accident d'avion en Amazonie. Lila avait-elle pu séjourner dans la tribu indienne ? « Non, répondis-je. C'est le drame de sa vie. Elle fut hospitalisée six mois à Bogotá, victime d'une dizaine de fractures dont une du fémur, qui avait volé en éclats lors de la collision sur la canopée. La rééducation fut longue et douloureuse, précisai-je. Lila ne souhaita pas être rapatriée en France car elle désirait à tout prix achever son enquête sur le terrain. Hélas, la direction du CNRS, pour des raisons budgétaires, annula sa mission. En rentrant à Paris, elle fut contrainte de suivre des soins dans un centre de rééducation fonctionnelle, à la clinique du Sport. C'est là que nous nous sommes rencontrés. Je venais faire traiter une déchirure du mollet qui nécessitait quelques séances de kinésithérapie. Nous nous sommes croisés dans la salle d'attente. Elle lisait *Le Serpent cosmique*, justement. Et moi, j'étais un inconditionnel de Jeremy Narby. »

Tout en déroulant mon tissu de loufoqueries, j'observais nos invités, bouche bée. Lila et moi étions comme deux enfants en train de commettre une farce. Jamais je ne m'étais aventuré sur le terrain de la mythomanie. J'y prenais un plaisir évident. Mieux, je n'aurais pas pensé être capable d'une telle imagination. J'aurais pu poursuivre l'exercice durant toute la nuit. Mais les Borg prirent congé. Quand nous nous retrouvâmes seuls, Lila m'embrassa tendrement sur la joue en souriant. Elle me glissa une feuille de papier dans la main. Elle avait écrit : « J'aime quand tu racontes mon histoire. »

Georges reçut une lettre de l'oncle Édouard. Son hôte lui annonçait qu'il différait son retour à Paris. Édouard Compliment, ancien P-DG des entreprises Céréax, était tombé amoureux d'une jeune mulâtre de Santiago de Cuba. L'affaire paraissait saugrenue. Mieux, il voulait la faire venir en France pour l'épouser, mais l'administration du pays traînait les pieds pour accorder un visa à la fiancée. Il consacrait son temps, sur place, à débloquer la situation. Dans sa missive, Édouard se livrait à une défense enflammée des vertus de la femme cubaine, légère, joyeuse, délestée des raideurs féministes de sa cousine européenne. Il semblait vivre un enchantement. Pas un mot sur la pénurie généralisée, le marché noir, le manque de liberté.

Édouard Compliment ne voyait l'île qu'à travers les yeux d'une certaine Célia, plus limpides, prétendait-il, que les eaux de la baie de Baracoa. C'est dans cette ville, la première cité fondée par les Espagnols sur le continent américain, en 1512, qu'Édouard avait rencontré Célia. Il avait bien du mal dans son courrier à préciser l'âge de sa fiancée. Elle se prétendait botaniste, spécialiste des arbres tropicaux. Elle lui avait dispensé un cours sur les cocotiers, les arbres à pain, cacaoyers, manguiers et caféiers. Elle lui avait fait visiter la basilique de Nuestra Señora de la Caridad del Cobre de Baracoa. Ils avaient brûlé un cierge en l'honneur de la Vierge, confondue par les Cubains adeptes de la santeria avec Ochun, déesse des eaux douces, de la féminité et de l'amour. Ils avaient passé des jours sur les plages désertes de la côte aride, dangereuse, difficile d'accès, où seuls quelques pêcheurs téméraires maintenaient leur activité. Cette lune de miel avait métamorphosé Édouard. Il était tombé amoureux de Célia, mais aussi de la terre cubaine.

Il envisageait de s'installer un jour à Cuba pour y développer la culture du blé et « sauver le peuple de la famine ». Georges fut d'abord étonné par cette passion nouvelle, puis il admit que son oncle était dans son droit. Veuf, sans enfant, Édouard s'était tout simplement trouvé une nouvelle raison de vivre. Dans sa lettre, il s'attardait avec une passion d'ingénieur agronome sur le naufrage de l'agriculture cubaine dont il rendait responsables les États-Unis qui, depuis un demi-siècle, isolaient l'île du reste du monde. Georges n'en revenait pas. Son oncle avait toujours voté à droite, voire à l'extrême-droite. Il le découvrait défenseur acharné de la révolution des *barbudos*. Ses principes s'étaient pourtant forgés au contact des familles des grands propriétaires terriens, sorte de parrains du monde céréalier qu'il côtoyait depuis des décennies. À leurs yeux, le marxisme-léninisme était une idéologie hérétique à éliminer au bazooka. Georges fut convaincu qu'Édouard ne pensait pas un mot de ce qu'il écrivait. Son oncle devait se douter que son courrier serait lu par la police politique de Fidel Castro avant d'être expédié en Europe. Le sexagénaire jouait les partisans du régime pour s'attirer les faveurs des bureaucrates de La Havane et récupérer sa belle. Georges relut plusieurs fois la lettre et n'y trouva aucun message entre les lignes, rien qui pût lui donner à penser que son parent lui envoyait un SOS. Édouard resterait sur place trois mois encore et, s'il le voulait bien, Georges pouvait occuper la maison pendant ce temps.

Sursis miraculeux. Le jeune homme allait pouvoir garder Lila dans sa vie. Ces derniers jours, il n'avait cessé de s'interroger. Combien de temps resterait-elle encore ? Quand lui annoncerait-elle son départ ? L'issue lui paraissait inéluctable. Comment réagirait-il ? Lila n'était pas seulement sa protégée ; elle était sa confidente. Elle lui était devenue indispensable. À son contact, il avait succombé, lui aussi, au plaisir de se raconter. Sur le grand cahier à spirale, elle lui posait des questions à son tour. Elle voulait comprendre pourquoi Georges était célibataire et vivait comme un vieux garçon. Au début, il eut quelque difficulté à se découvrir. Et puis il céda, vaincu par le sourire solaire de Lila. L'interminable colonne de ses jours, avait-il cru jusqu'alors, ne présentait aucun intérêt. Une longue chenille indolente. Toujours à l'abri des bourrasques, prise dans la répétition mécanique et le sommeil sans rêves, la vie de Georges était désespérément plate. Très tôt, il s'était classé lui-même dans la catégorie des êtres médiocres, des hommes sans relief et sans passion n'ayant pour ambition que de se faire oublier. Sa philosophie : ne pas déranger. *Do not disturb.* Vivre comme une ombre. Il ne cherchait aucune aventure, aucune alternative à ce vide sans fond. Enfant, il s'était réfugié dans la lecture, et avait trouvé à l'adolescence son double littéraire dans les personnages d'Emmanuel Bobovnikov, dit Bove. Journaliste d'origine russe, disciple de Dostoïevski, Bove était un romancier à part, chantre du mal-être et de l'ennui. Ses héros portaient tous la marque de l'échec et de l'impuissance. Dans ces œuvres méticuleuses et tourmentées, Georges Compliment se retrouvait totalement. Il y voyait son propre reflet. C'était une apaisante sensation.

Bove, l'entomologiste des hommes creux et monotones, était devenu son compagnon de cordée. Pour qu'un être humain s'intéresse à la misérable existence de Georges Compliment, il avait fallu ce sauvetage impromptu dans le métro. Lila, la femme sans voix, l'extirpait de son monde silencieux. Alors, il lui raconta tout.

Lila lui demanda d'écrire à son tour, afin qu'elle puisse lire tranquillement le récit de sa vie durant son absence. Il commença dans le cahier n° 14. Il écrivait le soir, quand elle s'était endormie. Très vite, il acheta une dizaine de cahiers à spirale. Elle le questionnait avec une application méthodique, qui confinait parfois à l'interrogatoire. Mais il s'en moquait. Lila le révélait à lui-même. Tels deux navigateurs à la conquête de nouveaux continents, ils se livraient l'un à l'autre à huis clos avec un sentiment mêlé de peur et d'exaltation. Une exploration de territoires inconnus, d'abysses sans fond, de clairières lumineuses, de steppes infinies. Jamais il ne s'était senti aussi libre.

Cahier 14

Je suis né à Auvillar, dans le Tarn-et-Garonne, le 16 août 1974. Mon père, Maurice Compliment, était garde-barrière. Ma mère, Amandine Moureux, exerçait le métier de couturière. Elle travaillait à domicile. Elle avait des mains de fée, petites et décharnées. C'est elle qui confectionnait tous mes vêtements. Je suis fils unique. Mes parents, d'origine rurale, passaient leurs soirées côte à côte, sans se parler. J'ai un souvenir précis de notre famille rassemblée autour de l'âtre. Nous habitions alors dans les environs de Moissac, tout près du canal des Deux-Rives. Je n'ai jamais manqué de rien. Ma mère avait rêvé d'être chanteuse. Mais, dans sa jeunesse, ce métier avait encore mauvaise réputation. Pour mon grand-père maternel, monter sur une scène était une forme de dépravation. Et les danseuses rien d'autre que des prostituées. À quinze ans, contre l'avis paternel, et à son insu, elle avait participé à un radio crochet. À sa surprise, elle avait remporté le premier prix. Persuadée que son triomphe lui vaudrait la clémence de son père, elle annonça fièrement la nouvelle et reçut en retour une formidable paire de gifles. Elle fut consignée dans sa chambre pendant une semaine. Elle serait couturière et rien d'autre.

Ma mère vécut dans la nostalgie de ces minutes de bonheur volé. Cette mélancolie l'éloignait de nous. C'était indétectable pour qui venait de l'extérieur. Mais l'enfant que j'étais en souffrait. Elle dérivait sur une barque l'emportant chaque jour un peu plus loin de la terre ferme. Qu'avais-je donc fait pour avoir une mère aussi évanescente ? Comment la ramener vers nous ? À l'adolescence, je pris des cours de guitare, tentai de composer quelques airs, pour l'intéresser. En pure perte. Je n'avais aucun talent.

Édouard, le frère cadet de mon père, lui, était accordéoniste amateur. Il était l'opposé de son aîné. Mon père était bourru, secret, effacé. Il avait intégré les Chemins de fer à l'âge de dix-huit ans et ne manifestait aucune ambition ni particularité, hormis sa passion pour la pêche au brochet. Édouard, au contraire, était jovial et tourné vers les autres. Il avait épousé une paysanne du Gers. Dans sa dot, Émilienne avait quelques hectares de maïs du côté d'Aire-sur-Adour. Édouard acquit très vite d'autres terrains, devint un des plus gros propriétaires de la région. Il avait un sens inné des affaires. Lui et sa femme rêvaient d'une tripotée de bambins, mais le couple fut frappé de malédiction : ils étaient tous les deux stériles. C'est du moins ce que mon oncle prétendait. Logiquement, ils prirent leur neveu en affection. Ils m'invitaient en vacances. Je vivais alors en liberté au milieu des champs de tournesols, de colza et, bien sûr, de maïs. J'adorais aller à la foire aux bestiaux avec mon oncle, au marché au gras de Fleurance où les paysans exposaient les plus belles oies du département. Tout me comblait. Les odeurs de basse-cour, les visages rudes, le jaune de la peau des volailles plumées sur les étals, les foies rougeoyants. Tous ces gens célébraient la vie dans un joyeux tintamarre : hurlements des vendeurs à la criée, discussions enflammées à la mode gasconne, voix rugueuses et haut perchées, exclamations ponctuées de « mille dioux » sonnant comme des tambours. Tout était prétexte à lever un verre ou à faire ripaille. C'était un hymne à la chair et aux entrailles, une ode à l'animalité. J'aurais aimé ne plus respirer que cette atmosphère de crottin et d'ail séché. Mon oncle et ma tante étaient aux petits soins avec moi. Le destin qui les avait frappés avait renforcé leur amour l'un pour l'autre. Ma tante était une paysanne enjouée. Elle passait des heures à lire la *Sélection du Reader's Digest* et recevait aussi bien des romans de Guy des Cars que de Dostoïevski. Elle me fit découvrir Jack London, les grands espaces américains, la fièvre de l'or, la misère ouvrière, l'engagement. La lecture du *Talon de fer* me révéla la condition du prolétariat urbain et l'inéluctabilité de la révolution marxiste. Presque logiquement, à dix-huit ans, je fis une incursion au Parti communiste, participai à quelques réunions de la section de Montauban, mais découvris assez vite que le monde des certitudes révélées n'était pas mon oxygène. J'étais trop craintif, trop réservé, désenchanté, pour adhérer à la religion de l'avenir radieux. J'avais un désir très limité de communion avec le reste de l'humanité. Certains jours, comme pris d'une exaltation fiévreuse, je m'imaginais en

Lénine haranguant les gaveurs d'oie du sud du Tarn-et-Garonne, vouant aux gémonies l'impérialisme américain et ses sbires des grandes sociétés céréalières. Dès le lendemain, je tombais dans un état neurasthénique, paralysé par mes rêves de toute-puissance et d'héroïsme révolutionnaire. Il ne me fallut pas longtemps pour comprendre que je ne serais jamais un homme d'action. Dur constat : j'étais un velléitaire. Les psychiatres m'auraient diagnostiqué maniaco-dépressif, soumis que j'étais au yo-yo de mes humeurs et de mes rêves. Pour ne pas sombrer dans la déprime, je m'inventai une échappatoire : je serais un homme d'inaction. La formule me transporta. J'avais enfin trouvé un mode de vie digne de moi, une sorte de bouddhisme rural qui suffisait à combler mes exigences limitées. Autant dire que mes tirades nihilistes m'éloignèrent des femmes. Elles ne me supportaient généralement pas plus de quelques heures. Elles se lassaient vite de mes monologues sur mon écrivain fétiche, le génie des mondes gris, le poète du vide, le peintre des anti-héros. J'exaltais la « banal attitude » comme ultime façon d'être avant le Jugement dernier. Je servais une thèse, pêchée Dieu sait où, sur le grand bonheur de la dissolution du moi. Au début, mes théories les intriguaient, voire les amusaient, et puis l'ennui apparaissait sur leur visage. Elles-mêmes semblaient se faner au fil de la conversation. Je compris bien plus tard que ma technique d'approche comportait un énorme point faible : je n'avais aucune curiosité pour mes interlocutrices. Je les voyais comme des admiratrices potentielles ou des disciples à recruter pour ma secte sans but et sans objet. Je leur vendais un univers clos, verrouillé. Je ne leur accordais qu'un rôle de témoin. Alors, elles m'abandonnaient à mes élucubrations. J'étais seul à l'âge où les garçons connaissent leurs premiers émois. Je crus que le monde de l'amour m'était interdit, qu'un dieu grincheux me punissait pour une faute que je n'osais seulement imaginer. C'était une damnation douce que j'acceptais avec résignation. J'avais le sentiment de payer pour un ancêtre coupable d'un crime horrible, j'étais persuadé de porter dans mon patrimoine génétique une marque d'infamie non identifiée. Car rien, dans mon existence, ne justifiait pareil châtiment. Qu'est-ce qui me condamnait à la virginité ? Je cherchais dans mon arbre généalogique un *serial killer*. Je tombai sur un menuisier, écrivain public dans un village du

Tarn, qui avait commis des enfants hors mariage et que la famille avait banni. Cet aïeul avait la réputation d'être un noceur, plutôt bon vivant, mais pas trace d'une goutte de sang sur ses mains. Il y avait bien eu cet arrière-grand-oncle, bistrotier pendant la guerre, du côté de Pau, qui avait fait du marché noir avec les Allemands et fricoté avec la femme d'un officier de la Wehrmacht. Pas de quoi pourrir la vie de toute la descendance des Compliment. Après ces recherches, il fallut que j'accepte l'évidence. Le mal venait de moi et de personne d'autre. Ce constat me terrassait. Je ne pouvais exprimer mes états d'âme. Mes contacts avec mes parents manquaient cruellement de profondeur. Mon père passait ses journées à s'insurger contre l'automatisation des voies ferrées qui entraînerait, à court terme, la disparition de son métier. Pour lui, un pays sans barrières était comme une statue sans socle, un territoire condamné à la déréliction. Je savais qu'il ne survivrait pas à la fin des michelines, symboles de la France des topinambours et des rutabagas. À quoi bon lui soumettre mes problèmes d'adolescent attardé ? Ma mère avait fini par entrer dans une chorale, tout en revendiquant d'emblée la place de soliste avec une insistance maladroite. Elle se fâcha avec les choristes et se retrouva seule chez elle, maugréant contre cette bande de crétins incapables de l'apprécier à sa juste valeur. Elle en avait gardé une amertume imperceptible, car elle donnait le change, affichant à chaque instant une gaieté de pinson. Tout en fredonnant des airs d'opérette, elle regardait mon père entourer d'un trait de stylo, au fil des jours, sur une carte de France murale, les barrières du chemin de fer supprimées. Tandis qu'il affichait son spleen, elle dissimulait le sien en chantant *Les Cloches de Corneville*, une fantaisie musicale de Robert Planquette écrite à la fin du XIXe siècle, contant les aventures d'un jeune marquis du XVIIIe, de retour des Amériques, qui tente de récupérer ses biens spoliés par le serviteur de son père. Une anticipation bon enfant de la Révolution française vue par un homme du Second Empire. Ma mère avait un faible pour ce jeune aristocrate, prénommé Henri, qui racontait d'une voix de baryton ses aventures d'au-delà les mers :

J'ai fait trois fois le tour du monde
Et les dangers font mon bonheur
J'aime le ciel quand le ciel gronde
La mer quand elle est en fureur.

Amandine Moureux attendrait toute sa vie un cyclone qui la transporterait à l'autre bout du monde, sur une scène de music-hall, loin des foudres paternelles. Elle rêvait de paquebots et de traversées océanes auprès d'un homme qui n'aimait que les voies ferrées. J'observais avec ennui ce compagnonnage des ambitions éteintes, effrayé par le peu d'empathie que j'éprouvais pour mes géniteurs. J'avais vécu avec eux sans les connaître et sans en avoir la moindre envie. Nous supportions cette cohabitation tranquille, sans aspérités, sans conflits. Amandine et Maurice avaient adopté une stratégie d'évitement qui pouvait passer pour du bonheur. J'avais fini par leur ressembler. À la puberté, je n'avais manifesté aucune sorte de rébellion. Pourquoi aurais-je tué un père plongé dans *La Vie du rail* ? C'est imprégné de cette humeur mélancolique que j'entrai dans l'âge adulte. Je me réfugiai dans la lecture avec la vague idée d'y trouver la réponse à la question qui me hantait : pourquoi mon existence terrestre avait-elle des allures de purgatoire ? Aujourd'hui, je connais la réponse. J'attendais Lila.

Elle a l'air d'une morte. Ses yeux fixent le mur, absents au monde. Elle ne sourit jamais, refuse de répondre par écrit aux questions. Elle est vêtue d'un chemisier bleu à carreaux et d'un jean noir. Est-ce Georges qui lui en a fait cadeau ? Pas le moindre battement de cils en réponse. Veut-elle exprimer quelque chose, faire une déclaration ? Son visage reste figé, imperturbable, son regard perdu dans le brouillard de ses pensées. Qui est Lila ? À quel jeu joue-t-elle ? Devant elle, sur une table de la salle d'interrogatoire n° 3 de la brigade criminelle, Marie Lévine a déposé les vingt-deux cahiers à spirale saisis rue Michal. Le résumé d'un an de séquestration. La pièce à conviction centrale. Marie paraît petite face à cette femme sans identité, raide et mutique sur sa chaise. La première chose qui l'a frappée, ce sont ses sourcils, qui accentuent son regard d'un noir de jais. Elle a des mains fines et nerveuses. Elle ne dégage aucune émotion. L'officier de police a lu attentivement la prose de Lila et de Georges. Un incroyable enchevêtrement d'histoires chaotiques, de confessions, de revirements, d'inventions, de révélations, de petits secrets, de dialogues parfois bouleversants, parfois ridicules. Un colin-maillard littéraire où l'on ne sait qui porte le bandeau.

Avant de laisser Marie face à Lila, Firmin Degas et les trois officiers de police de son équipe font le point sur le dossier Compliment, l'affaire la plus extravagante tombée entre les mains de la Criminelle depuis des décennies.

– Essayons de nous en tenir aux faits, attaque Degas, agacé par la tournure des événements. Il y a deux jours, un homme qui se prétend proche de Georges Compliment, un certain Gustav Borg, vient déposer spontanément au commissariat du 13e arrondissement. Il affirme que son ami séquestre depuis un an une prénommée Lila. La femme est muette. Gustav Borg ne s'est jamais douté de rien jusqu'à la semaine dernière. Selon son témoignage, il s'est rendu chez Compliment sans prévenir pour récupérer une écharpe oubliée la veille par sa femme – ils avaient été invités à dîner. Il sonne à plusieurs reprises, sans succès. Il aperçoit alors Lila à la fenêtre du deuxième étage. Le visage collé à la vitre, elle l'observe sans réagir. Gustav Borg insiste. Mais la jeune femme reste immobile, comme prostrée. Il lui fait des signes, en vain.

– Poussé dans ses retranchements, Borg concède qu'il a été intrigué par Lila dès leur rencontre qui remonte à plus d'un an, poursuit Marie Lévine. Le couple était bizarre : une muette d'origine espagnole, victime d'un accident d'avion dans la jungle amazonienne, vivant avec un petit encadreur de tableaux de la rue Daguerre. Quelque chose ne collait pas. D'autant que les versions de la vie de la jeune femme changeaient à chaque dîner, environ tous les trois mois. Il y a quelques semaines, Lila leur a annoncé par la voix de Georges qu'elle portait le nom de Betancourt. Elle restait très évasive sur ses liens de parenté avec l'otage franco-colombienne, libérée, je vous le rappelle, le 2 juillet 2008. Plus tard, Georges Compliment, sous le sceau du secret, a révélé aux Borg que Lila était une demi-sœur d'Ingrid. Il s'agissait d'une confidence à ne pas ébruiter, pour ne pas gêner l'ancienne candidate à la présidence de la République colombienne. Lila, selon lui, était née des relations adultérines du père d'Ingrid, à l'époque où il était en poste à Paris en tant qu'ambassadeur de l'Unesco. Sa mère, correspondante du quotidien espagnol *El Pais*, aurait entretenu une liaison secrète avec lui pendant trois ans. Par la suite, la famille Betancourt était repartie à Bogotá, sans se douter de la double vie du père, lequel avait reconnu sa fille à l'insu des siens. Son prénom s'expliquait facilement : la petite était née à la maternité de la porte des Lilas. La jeune fille avait suivi des études d'anthropologie à l'université Complutense de Madrid, avec le ferme espoir de se rendre régulièrement en Amazonie, en passant par Bogotá, pour y rencontrer son géniteur. Au cours d'une de ses expéditions, elle aurait été victime d'un crash aérien, au cœur de la forêt équatoriale. Nous avons vérifié ce scénario. C'est une montagne de fadaises. Ce jour-là, les Borg ont commencé à douter. Le coup de la demi-sœur d'Ingrid était cousu de fil blanc. Un autre détail alerta Borg. La ligne de téléphone était coupée. Georges n'avait pas de portable. On ne pouvait le joindre qu'à son travail. Lila était intouchable, inaccessible sans Georges, totalement sous son contrôle. Le Suédois a imaginé qu'il la droguait pour la maintenir sous sa coupe. Ce sont des techniques assez classiques chez les kidnappeurs.

– Je soupçonne Borg d'avoir voulu entrer en contact avec Lila à l'insu de Compliment, interrompt Degas. Il a visiblement un faible pour la fille. Il l'a sans doute draguée au cours de ces soirées. L'écharpe oubliée était un prétexte un peu gros pour la revoir…

– À la suite de la déclaration de Borg, reprend Marie Lévine, une patrouille du 13e s'est rendue sur place, a sonné à plusieurs reprises, tambouriné à la porte. Ils ont aperçu Lila perchée derrière la verrière qui les observait sans broncher. La suite, vous la connaissez : enquête préliminaire au parquet et tout le tintouin…

– Et c'est comme ça qu'on récupère un dossier pourri, enchaîne Firmin Degas. Nous sommes devant un cas d'école, avec une supposée séquestrée dont nous ne connaissons pas l'identité et qui, pour arranger le tout, est muette. Ou, du moins, le fait croire. Aucune trace d'elle dans aucun fichier. Il n'existe aucune Lila Betancourt. Rien chez les disparus, rien à Interpol, qui n'a d'ailleurs pas confirmé l'autre origine, supposée serbe, de cette femme. Restait l'hypothèse d'une évasion d'un hôpital psychiatrique. Là aussi, nous avons fait chou blanc. Quant à Georges Compliment, il n'a pas le moindre antécédent, pas même une consultation chez un psychologue scolaire. Nous sommes dans le flou total. D'autre part, aucune plainte concordante n'a été déposée pour enlèvement. Et notre amie Lila n'est guère coopérative. Il faut impérativement découvrir son identité. Marie, tu peux poursuivre ?

– Nous penchons actuellement pour la thèse du syndrome de Stockholm, embraye la jeune femme. Lila a commencé à collaborer avec son geôlier en entamant un dialogue par écrit le deuxième mois de sa séquestration. Je dis bien séquestration, car elle ne possédait aucune clé de la maison de la rue Michal et ne sortait jamais. Seul Georges, malgré ses dires, détenait un trousseau. Il y a donc bien eu réclusion. Quand Lila rédige ses premières notes, elle cherche à amadouer son gardien. Elle tente de créer une connivence. C'est le grand classique. D'autre part, la lecture des cahiers à spirale laisse à penser que le français est sa langue maternelle. Il y a de grandes chances pour qu'elle ne soit ni serbe ni espagnole. Est-ce une affabulatrice ? Les expertises graphologiques sont en cours.

– Dans les cahiers à spirale, reprend Degas, Georges Compliment, lui, ne ment pas. Il se livre sans retenue et multiplie les confessions. Sa vie est un désert affectif. Il est tombé sur une poupée vivante qui a comblé tous ses manques. Ou presque. Aucun élément pour dire s'il a eu ou non des relations sexuelles avec elle. Nous n'avons rien trouvé, rue Michal, qui pourrait faire penser que nous avons affaire à un pervers ou à un obsédé. Pas de sites pornos consultés, pas de matériel sado-maso. Tout est clean de ce côté... En fait, il n'y a pas vraiment d'énigme autour de lui. Même l'histoire de son oncle Édouard, le propriétaire de la rue Michal, a été vérifiée. Et confirmée. Il est bien à Cuba et cherche à faire venir sa douce chez nous. L'option la plus favorable, en ce qui concerne son neveu, est de penser qu'il est sincère quand il déclare avoir voulu protéger Lila d'un « réseau »... Le mot revient très souvent dans ses textes.

– Sauf que le « réseau » en question n'est peut-être qu'une chimère, proteste Marie Lévine.

– En effet, opine Firmin Degas, mais pour le moment on n'en sait rien. Nous n'avons pas d'autre option que de faire craquer Lila pour savoir qui elle est. Sinon, il faudra relâcher Compliment et la remettre, elle aussi, dans la nature. Cette nana n'est pas un fantôme. On finira bien par la cerner. Nous sommes seulement pris par le temps. On ne peut pas la garder longtemps en tant que témoin. À ce propos, nous avons également transmis sa photo au service des étrangers de la Préfecture et à toutes les ambassades. Sans résultat. Conclusion : Marie, tu es notre dernière chance. Tu as jusqu'à demain. N'oublie pas que nous avons affaire à des témoins, pas à des mis en examen… Il faut y aller en douceur.

Comment faire parler une muette ? Le lieutenant Lévine s'apprête à la plus invraisemblable audition de sa jeune carrière. Pour préparer son interrogatoire, elle consacre la nuit à lire les cahiers à spirale. Elle aurait tant aimé avoir Firmin à ses côtés, le sentir, silencieux et bienveillant, partageant ses doutes, lui prodiguant quelques conseils. Malgré son attitude distante, elle sent confusément que leur histoire n'est pas bouclée. Marie passe en revue les objets récupérés lors de la perquisition, rue Michal ; les romans de Le Clézio, dont *Lullaby*, l'imperméable que Lila portait lors de son arrivée chez Georges, des mocassins beige, taille 38, des articles de presse sur la captivité d'Ingrid Betancourt retrouvés sur une coiffeuse transformée en bureau, et une reproduction d'un tableau de la peintre mexicaine Frida Khalo, *Autoportrait à la robe de velours*, représentant l'artiste à l'âge de dix-neuf ans. Marie a fait une recherche sommaire sur cette œuvre de jeunesse, peinte en 1926 par une jeune étudiante encore influencée par les canons de la Renaissance italienne. En s'attardant sur le portrait, elle a été saisie par la beauté du modèle. Cou démesurément long, robe pourpre contrastant avec la peau diaphane, sourcils qui se rejoignent au sommet du nez, indice d'une origine indienne, le tout sur fond d'océan sombre annonçant une tempête. L'œuvre fut visiblement influencée par Modigliani. Marie a été éberluée par sa découverte : Lila ressemble trait pour trait à la jeune femme du portrait. Même beauté latine, même langueur, même port de tête, même finesse des traits. Et surtout, mêmes sourcils qui se rejoignent au milieu du visage. La reproduction a été retrouvée dans la chambre de Lila. Cette image a de toute évidence un rôle important si l'on veut comprendre l'étrange relation entre Georges et Lila. Dans la bibliothèque de l'encadreur, cette fois, les enquêteurs ont récupéré plusieurs livres sur Frida Khalo, des monographies, des biographies et le livre de Le Clézio *Diego et Frida*, essai sur l'histoire d'amour tumultueuse entre Frida Khalo et le grand muraliste mexicain Diego Rivera. Marie est certaine que le mystère de Lila passe par Frida Khalo. Toujours la fameuse intuition féminine. Mais tout cela relève-t-il vraiment de l'investigation policière ? Elle appelle Firmin Degas au milieu de la nuit. Elle est au bord du découragement.

Il ne dort pas. Il écoute le quatuor en *la* mineur de Franz Schubert. À la surprise de Marie, Firmin lui avoue qu'il est obsédé par Lila et ses silences. Et par l'héroïne de cet étrange tableau, l'artiste mexicaine qui semblait fasciner le couple de la « cache » de la rue Michal. D'instinct, il s'est jeté sur tout ce qui concerne ce peintre hors du commun, féministe, communiste, figure mythique de l'art moderne, morte d'une pneumonie en 1954. Un pan de sa vie a plus particulièrement retenu l'attention du policier. En 1925, à l'âge de dix-sept ans, Frida Khalo avait été victime d'un accident de bus à Coyoacan, la banlieue chic de Mexico. Littéralement transpercée par une barre de fer du bassin au vagin, elle avait dû rester clouée sur un lit trois mois durant, la colonne vertébrale dévastée, le pied droit en miettes qui la ferait boiter toute sa vie. Durant sa convalescence, elle avait été condamnée à porter des corsets de plâtre. Son père lui avait installé un baldaquin équipé d'un grand miroir qui permettait à Frida de se voir et de s'utiliser comme modèle. Ainsi, elle pouvait peindre couchée. Son *Autoportrait à la robe de velours*, exécuté avant l'accident, avait été le premier d'une série qu'elle avait réalisée tout au long de son existence. Son tableau le plus célèbre est *La Colonne brisée* où l'on découvre Frida Khalo, nue, prisonnière d'un corset de métal, la colonne vertébrale en forme de colonne ionique, le corps piqueté de clous, les yeux embués de larmes. Paradoxe : la sensualité que dégage cette femme en morceaux. Elle représente, au-delà des souffrances, la puissance charnelle des Indiennes de Thehuantepec, région où se logeait, selon Frida Khalo, l'âme du Mexique. Mais Lila a préféré conserver un autoportrait de l'artiste encore en pleine santé, avant que le sort en fasse une femme crucifiée, meurtrie par les opérations chirurgicales à répétition, les avortements, les infidélités de son mari. La passion entre Diego, génie du muralisme mexicain célébré de Paris à New York, et Frida, la grande prêtresse du courant mexicaniste, était volcanique. Deux génies en éruption perpétuelle, qui éprouvaient, par-delà le sentiment amoureux, une profonde admiration l'un pour l'autre.

Marie est surprise de constater que Firmin, contrairement à tous ses principes, s'est aussi laissé guider par son intuition. D'ordinaire, le commandant Degas tempête contre les flics trop vite embarqués dans le psychologique. Il aurait dû conseiller au procureur de classer l'affaire, car, après tout, il n'y a pas de plainte et Georges Compliment ne semble pas être une menace pour l'ordre public. Pourquoi perdre du temps avec une histoire sans crime de sang ? Or, cette fois, Firmin Degas se laisse griser par les contours mystérieux du dossier. Il est face à un défi. Le grand géomètre du « 36 » nage dans l'irrationalité et il n'aime pas ça. L'attitude de Lila le déroute, car elle n'obéit à aucune logique. Soit elle a été séquestrée, alors elle est censée coopérer et accabler Georges Compliment ; soit elle est consentante, et elle devient une formidable manipulatrice, ou une mythomane, ou une schizophrène, ou tout cela à la fois. Mais ce qui tarabuste Firmin est autrement plus simple. Il veut savoir d'où venait Lila le jour où elle a croisé son futur geôlier. Georges Compliment prétend qu'elle est tombée du ciel. Sur cette question précise, peut-être ment-il. Rien ne prouve qu'il n'a pas suivi cette femme des semaines durant avant de l'enlever ou de la persuader par on ne sait quel stratagème de venir chez lui. Ensuite, il a pu la droguer. Marie a déjà vu des héroïnomanes en état de prostration et d'hébétude, incapables d'articuler après une overdose. Certaines substances, mal administrées, provoquent l'état de Lila. Il lui faut « entrer en contact » avec Lila, trouver la faille.

Allongée sur son lit, le téléphone collé à l'oreille, la policière entend la voix de Firmin comme un murmure lointain. Les mots se perdent dans le gémissement d'une corne de brume. Tout devient flou et confus. Elle somnole.

Brusquement, Firmin pousse un cri rageur. Au bout du fil, Marie sursaute. Firmin a raccroché brutalement. Quelques minutes plus tard, il est rue de Bièvre, tendu comme une arbalète, le regard fiévreux. Marie prépare du café. Elle sait qu'ils ne dormiront pas de la nuit.

– Selon tes déductions, commence le commandant Degas, Lila serait française. Pourquoi ne trouve-t-on pas la moindre trace de cette fille sur notre territoire ? Il y a bien quelqu'un qui devrait la réclamer dans ce foutu pays ?

– Sa photo n'a pas encore été communiquée aux médias. Pourquoi le procureur ne le fait-il pas ? Cela résoudrait tous nos problèmes. Sa famille, qui la croit peut-être morte, pourrait se manifester. Tu as demandé au parquet l'autorisation de communiquer ?

– Ils estiment qu'il vaut mieux savoir exactement de quoi il retourne avant de bouger le petit doigt. Tu les connais : principe de précaution. Depuis Outreau, ils ne font plus un pas sans gilet pare-balles.

– C'est à nous de nous débrouiller.

– À toi, Marie. Nous n'avons que quelques heures pour la cuisiner, et je suis convaincu que tu es la seule à pouvoir lui tirer les vers du nez. L'histoire de Frida Khalo est intéressante. Il n'est pas impossible que Lila et Georges…

– Oui, Lila et Georges ?

– Ne ricane pas. Selon le témoignage de Georges, Lila porte des stigmates sur tout le corps. Il a évoqué des marques de torture, comme si elle avait été attachée, mais peut-être s'agit-il d'autre chose. Elle a peut-être été prise dans un corset, elle aussi…

– Comme Frida ? Là, tu m'épates. Ce n'est pas ton style, ce genre d'élucubrations.

– C'est une hypothèse, un raisonnement par l'absurde. Imagine que Lila se prenne pour Frida Khalo. Cette fille est en quête d'identité. Elle aime visiblement que son geôlier lui raconte des histoires.

– Son geôlier, tu n'en sais rien…

– Son gardien, si tu préfères. Le secret est dans cette identification permanente. Il semble qu'elle veuille toujours être quelqu'un d'autre. C'est un cas de schizophrénie à géométrie variable.

– Et Georges aurait accepté de jouer le rôle de Rivera ? C'est un peu tordu, non ? Ils se seraient fait un film dans leur cachette… Judiciairement, ça ne vaut pas tripette, commandant. De plus, les cahiers à spirale ne contiennent pas une ligne sur Frida Khalo.

– Peut-être y a-t-il un document qui nous aura échappé. Pendant que tu interrogeras Lila, je retournerai rue Michal. J'en profiterai pour bavarder avec Compliment. Monsieur Georges nous a peut-être fait une ou deux cachotteries. Je veux en avoir le cœur net.

– Tu as des consignes à me donner pour l'audition ?

– Suis ton intuition.

– Merci, cela va m'aider, bougonne Marie Lévine en haussant les épaules. Je savais que je pouvais compter sur tes lumières…

– Il me reste une dernière question, Marie.

– …

– Je peux rester, cette nuit ?

Cahier 23

Ce matin, la mésange bleue est encore venue me rendre visite. Elle se plante sur le rebord de la fenêtre, me fixe avec ses yeux brillants et malicieux. L'hiver n'est plus qu'un mauvais souvenir. La mésange est ma messagère. Je la regarde voler au-dessus des toits ; avec sa calotte bleue et son plumage jaune, elle ressemble à un soleil qui plonge dans la mer. La mésange est très appréciée des sylviculteurs. Elle est la gardienne des arbres. Elle les protège des insectes parasites en dévorant ceux-ci d'une curieuse façon : elle se nourrit la tête en bas. Quand elle mange, elle voit le monde à l'envers. Elle se pend à l'extrémité d'une brindille, et, dans un mouvement de balancier, fait la chasse aux œufs et aux larves des coléoptères. J'aime entendre son cri quand elle défend son territoire feuillu, un *tsi tsi* strident qui semble effrayer les intrus. J'ai appris que son chant de guerre porte un très joli nom : la mésange zinzinule. Quand elle me rejoint, j'ai l'impression de voir mon âme voleter autour de la maison. Je sors de mon corps-prison. Je survole les toits de la Butte aux Cailles, le métro aérien, je bifurque sur la gauche pour planer au-dessus du parc Montsouris. Je me pose au Guignol où j'allais, enfant, avec mon père. J'adorais l'histoire du Petit Chaperon rouge. Au début, le loup était un gentil jardinier qui n'aurait pas fait de mal à une mouche. Les enfants s'ennuyaient. Alors, le monsieur du Guignol nous demandait si nous voulions que le loup soit gentil ou méchant. Nous hurlions tous d'une seule voix : « Méchant ! ». Et le loup se transformait en un ogre sanguinaire, dans un brouhaha épouvantable. Mon père somnolait à mes côtés. C'était un homme très occupé. Il faisait de la politique, mais je n'avais aucune idée de que cela signifiait. Il me disait que c'était aussi un monde de loups. Je lui répondais qu'il n'avait qu'à appeler les chasseurs. Il riait. J'aimais sentir son souffle régulier, entre sifflement et grognement. Un jour, il m'a dit qu'il était devenu le chef des loups et qu'il allait être très occupé. Il ne pourrait plus m'accompagner à Guignol, nous nous verrions moins, mais mieux. Je ne comprenais pas comment on pouvait mieux se voir en ne se voyant plus. C'est une théorie que ma mère affectionnait. Elle l'avait pêchée dans des magazines féminins qui répétaient aux femmes actives qu'un quart d'heure joyeux passé avec son enfant valait mieux qu'une journée morose. Moi, je préférais largement passer deux heures avec un père endormi plutôt que dix minutes à bavarder avec lui de mes progrès en lecture. Plus tard, à l'école, je constatai que tout avait changé. Maman m'avait dit de ne pas m'en faire. Il y avait aussi ces costauds toujours dans mes pattes, à surveiller ce qu'ils appelaient le Périmètre, tout en feignant de ne pas me connaître. Le Périmètre... C'était une zone autorisée, une bulle dans laquelle je pouvais me déplacer sans en demander la permission. Maman m'avait expliqué que ces malabars étaient là pour me protéger, car papa s'occupait de la sécurité de tous. Mais cela ne faisait qu'ajouter à mon inquiétude. C'était un secret. Il ne fallait pas en parler à l'école. J'avais cinq ans.

La mésange bleue me conduit à l'aplomb du réservoir d'eau de Montsouris, à l'angle de l'avenue Reille et de l'avenue René-Coty. C'est un gigantesque édifice de pierre qui ressemble à une pyramide aztèque. Mon père me l'a fait visiter quand j'avais neuf ans. Il l'avait fait ouvrir rien que pour moi. À l'intérieur, c'était comme une église romane remplie d'eau bénite. Le réservoir fournissait la moitié de l'eau potable de Paris. Nous sommes montés dans une barque. J'entendais l'eau goutter le long des parois. Plic, ploc, plic, ploc. C'était le cœur du monde qui palpitait, dans une atmosphère sépulcrale et brumeuse. Je glissais sur l'eau en fredonnant des chansons enfantines, *L'Eau vive* ou *À la claire fontaine*. Nous étions dans les entrailles d'une matrone de pierre qui suintait l'humidité. Mon père m'ordonna de me taire en faisant les gros yeux. Il avait peur que les vibrations de ma voix aiguë provoquent l'effondrement de l'édifice. Il craignait de nous voir ensevelis sous les décombres. Moi, j'étais excitée, tout au bonheur de me perdre dans ce labyrinthe de voûtes et de galeries, persuadée que je dérivais vers l'origine du monde. Papa, lui, imaginait le pire. Il me confia sur un ton solennel que les gardiens de ce site redoutaient par-dessus tout que des méchants s'introduisent dans le château d'eau pour y déverser des kilos d'arsenic. La moitié des Parisiens mourraient empoisonnés. Pourquoi fallait-il que mon père voie toujours le vilain côté des choses ?

Ce matin, j'ai pris un long bain. J'avais l'impression d'être plus sale que d'habitude, après le dîner d'hier soir. J'avais préparé des pâtes aux écrevisses parfumées à la coriandre accompagnées de tranches de citron légèrement dorées à la poêle. C'était succulent. Georges, tu avais apporté une bouteille de graves blanc, un Château Carbonnieux, mon préféré. La soirée aurait dû être parfaite. Et puis il y a eu la main de Borg sous la table, comme une mandibule poisseuse, qui cherchait ma cuisse. Je me suis levée à plusieurs reprises. J'étais paniquée. Il fallait que je garde mon calme, que je contrôle la situation. Sa femme semblait ne rien remarquer, envoûtée qu'elle était par tes histoires. Tu improvisais. Nous venions de nous marier à Cartagena, sur la côte caraïbe colombienne, six mois après notre première rencontre à l'hôpital. Nous passions une semaine en voyage de noces à l'hôtel Santa Clara, à deux pas de la maison de vacances de Gabriel García Márquez, un bunker ocre, en bord de mer. Cartagena est une cité étrange, avançais-tu. C'est Brest planté sous les tropiques, une forteresse cernée de palmiers géants. Le centre historique a des allures de Nouvelle-Orléans, avec ses maisons de bois blanc, ses vérandas, ses ruelles étroites et bruyantes, ses vendeurs ambulants, ses marchands de fruits exotiques, ses danseurs de rue. La partie balnéaire, ultramoderne, ressemble à Miami Beach, avec ses villas Art déco, ses hôtels de luxe, ses bars de plage où les adolescentes se vendent pour quelques dollars. Au bout de deux jours, harassés par la chaleur, nous avions choisi de ne plus quitter l'hôtel Santa Clara, qui avait été le théâtre d'une passion folle entre un prêtre exorciste et une adolescente envoûtée par le diable. Selon la légende, le fantôme de la jeune fille surgissait parfois. Ceux qui avaient l'oreille fine pouvaient percevoir la longue plainte de cette enfant maudite montant des sous-sols. Tu ne t'es pas arrêté là. Ton imagination galopait. Au cours de notre séjour, nous avions fait la connaissance du Prix Nobel de littérature. Sa maison étant en travaux, il s'était installé provisoirement au Santa Clara. À plus de quatre-vingts ans, García Márquez était encore vert, drôle, facétieux même. Il avait la nostalgie de Paris. Il se rappelait des promenades avec une jeune journaliste italienne sur les bords du canal Saint-Martin, un soir d'automne, un déjeuner au restaurant de l'hôtel du Nord, à deux pas du pont de l'écluse. L'écrivain colombien nous avoua qu'il était tombé amoureux de cette jeune femme après la première cuillerée de potage au cresson. Très vite, il nous invita à l'appeler « Gabo ».

Enhardi, tu prétendis l'avoir interrogé sur son amitié avec Fidel Castro : « Comment un génie de la littérature comme vous a-t-il pu se laisser prendre dans les filets de l'Ogre de La Havane ? » « Gabo » avait éclaté de rire en sirotant son infusion de papaye, dont il prétendait qu'elle avait des vertus digestives. Il avait répondu : « Je suis un dictateur bien pire que lui. Dans ma vie, j'ai tué, pillé, brûlé des villages, violé des femmes, provoqué des tremblements de terre. Fidel ne m'arrive pas à la cheville. » Il parlait de ses livres, de la toute-puissance de l'imaginaire, de la sensation de pouvoir qui saisit le romancier, capable de créer des anges ou des démons, selon sa volonté. « Je suis Dieu ou le diable, je suis une bonne sœur ou Barbe-Rouge, Ivanhoé ou Ganelon, je suis le père incestueux, la mère infanticide, je suis le raz-de-marée qui emporte un village côtier, une éclipse, une plage déserte, un port en flammes, un sous-marin nucléaire. Je suis Staline ou saint Vincent-de-Paul, Hernán Cortés ou Ignace de Loyola. Je suis une pucelle, une dévergondée, une naine, une dame de charité. Je sillonne les fleuves à la recherche d'une pépite, d'une vierge à engrosser, d'un enfant boiteux, d'une femme cul-de-jatte, d'un démon à noyer dans la boue de l'Amazone. » J'étais subjuguée. Tu étais mon porte-voix. Ainsi, habiter la vie des autres n'était pas une maladie. C'était une aventure enivrante. Mme Borg, elle aussi, semblait éblouie. Georges, tu es un merveilleux conteur. Gustav Borg, lui, ne s'intéressait qu'à mon entrecuisse. Il poursuivait l'exploration de mon intimité pendant que tu naviguais sur le fleuve Amazone. Je ne voulais pas t'interrompre. Je ne pouvais plus me dégager. Le vieil homme, disais-tu, était intarissable, affalé dans un fauteuil d'osier du patio de l'hôtel Santa Clara, sous le piaillement des perroquets. « Fidel Castro est un romancier au pouvoir, avait poursuivi en pouffant l'auteur de *Cent ans de solitude*. Il n'écrit pas des histoires, il les fabrique. C'est un démiurge. Il fait ce qu'il veut de son peuple. Un jour, il autorise la prostitution ; un autre, il l'interdit. Il lance des campagnes antimoustiques, même quand il n'y a pas de moustiques dans l'île. Il peut inventer des ouragans, si nécessaire, pour ajourner le congrès du Parti communiste dont il n'a que faire. Il peut se dire atteint d'une maladie incurable, puis déclarer qu'il l'a vaincue, pour que les Cubains le croient immortel. Comme j'ai de la sympathie pour vous, je vais vous livrer un ultime secret : Fidel Castro était un ami de Kennedy. Je peux même vous révéler qu'il possède un compte en banque aux îles Caïmans, directement alimenté par la CIA. Le communisme, à Cuba, n'est qu'un leurre, une opération de propagande. Avant Castro, les Yankees n'avaient pas peur des rouges, la Russie était trop loin. Ils n'avaient qu'une vague idée de ce qu'était le collectivisme. Alors, les pieds tendres de Washington ont inventé une réserve communiste aux portes de l'empire capitaliste pour que les cow-boys de l'Alabama, les ouvriers de Chicago ou de Detroit aient vraiment la pétoche du marxisme. Cuba était le lieu idéal pour promouvoir ce que les proches de JFK surnomment "le pays du communisme inoffensif". Castro l'épouvantail, le croque-mitaine, le grand méchant loup anticapitaliste, est une marionnette des gringos. » J'ai ressenti une brûlure dans le ventre au moment où tu as décrit la chambre de torture de la Maison de l'Inquisition de Cartagena.

Quand ils sont partis, je t'ai dit qu'il ne fallait plus jamais inviter les Borg, que nous devions nous trouver de nouveaux amis, pour inventer de nouvelles histoires. Cette nuit-là, j'ai décidé de te révéler la vérité sur moi dans le cahier n° 23. Quand tout serait dit, nous le brûlerions. Ce serait notre Grand Secret.

La mésange bleue m'a beaucoup aidée ces derniers jours. Elle m'a donné des ailes pour affronter mon passé. Quand je t'ai rencontré dans le métro, je n'ai pas douté un instant que tu serais mon sauveur. Quand tu m'as révélé la malédiction qui te frappait, ta peur des femmes, ton absence de désir, j'ai su que le destin m'offrait une chance. Tu étais mon libérateur. Moi aussi j'étais maudite, à ma façon.

Mon père est devenu une haute personnalité, ministre de la Police, je crois, et la vie a changé. Maman était plus grave, presque triste. Papa était installé dans une nouvelle maison où nous n'avions pas le droit d'aller. Il fallait se limiter au Périmètre, pour rassurer mon père. Les séances de Guignol s'espacèrent puis disparurent. J'avais la nostalgie de son visage assoupi, de son léger ronflement au milieu du tintamarre des enfants. Papa venait dîner une fois par semaine. Il arrivait les bras chargés de livres. Il me lut *Lullaby* de Le Clézio. En grandissant, je trouvais la situation de plus en plus compliquée. Si mes copines me demandaient pourquoi je n'avais pas de papa à la maison, je répondais qu'il faisait le tour du monde.

Avant que j'entre au collège, nous avons déménagé dans un appartement gardé par des gendarmes. Ils se mettaient au garde-à-vous devant la voiture. Je trouvais ça ridicule. Je n'avais plus le droit de sortir seule ni d'inviter des copines. Maman m'a expliqué que je n'étais pas une enfant comme les autres. « Il est temps que tu le saches, ma chérie, m'a-t-elle avoué, avec un mélange de fierté et de désespoir : ton papa est une célébrité. Tu verras souvent son visage à la télévision, dans les journaux, un peu partout. Mais il ne faut rien dire. Car ton papa a une autre famille. Et tu ne portes pas son nom. Mais tu sais qu'il t'aime plus que tout et c'est ce qui compte. Il vient ce soir, il te dira exactement comment te comporter. »

Ma mère venait de m'apprendre que j'allais vivre dans une cage dorée, j'étais une sacrée veinarde, j'avais une existence hors norme. Un genre de princesse sous X. Le Masque de fer en jupons. La fille du Périmètre. Au début, je m'accommodais de cette situation. Maman était omniprésente. Grâce à papa, elle avait obtenu un poste à mi-temps au CNRS, dans la section « Anthropologie précolombienne ». Elle pouvait me consacrer beaucoup de temps. Malgré ses efforts pour me faire vivre une existence normale, quelque chose ne tournait pas rond. Au collège, j'étais distraite, rétive à toute autorité, j'avais du mal à communiquer avec les autres enfants. J'étais rêveuse et distante. Mes résultats scolaires étaient calamiteux. Je mettais cela sur le compte de mes « absences ». Alors commença la ronde des psychologues, les plus réputés. J'étais un cas intéressant. J'ignorais alors que ces sommités étaient tenues au secret médical mais aussi au Secret défense. À l'adolescence, les choses s'aggravèrent. Je ne mangeais plus. En jeûnant, j'allais faire disparaître le Grand Mensonge. J'avais beau vomir tous mes repas, rien ne se passait comme je voulais. J'étais une éclipse, la lumière noire qui cachait le soleil. La jeune fille que j'étais devenue ne parvenait plus à rester dans le Périmètre. Une force me poussait vers l'extérieur ; j'avais besoin de grands espaces, de continents inconnus. Je rêvais d'être un oiseau migrateur, un héron cendré, au vol lourd comme un bombardier, glissant, nonchalant, sur les courants chauds, à la recherche d'un étang hospitalier. Mais le héron était trop paresseux, trop indolent. Il m'aurait fallu être légère comme une plume. J'ai découvert la mésange bleue.

Papa venait me voir plus souvent, il avait d'autres préoccupations que de jouer les infirmiers. Quand il s'asseyait à mon chevet, je sentais son corps habité par la peur. Son visage ressemblait à un masque mortuaire. J'avais déjà remarqué que les gens importants avaient le teint diaphane des fantômes ou des vampires. Mon père était blanc terreux, lui aussi. Son hémoglobine l'avait lâché en chemin. Lors de ses brèves visites, il tentait de jouer au père attentif, mais il n'était pas avec moi. La théorie maternelle de la relativité du temps volait en éclats. Il ne pouvait détacher ses yeux de sa montre. Je devenais un fardeau, je le sentais. Je gênais. Alors, j'ai décidé de partir. De m'envoler. Une nuit, je me suis réveillée au milieu d'un rêve. J'étais à Guignol. La tête posée sur mon épaule, un loup dormait à poings fermés. Sur la scène, un homme hideux, armé d'un couteau dégoulinant de sang, massacrait Guignol et la princesse. C'était mon père. J'ai ouvert la fenêtre. J'ai regardé les étoiles, j'ai souri, j'ai pensé à un livre d'enfant qui parlait d'une mésange bleue. L'oiseau n'avait pas de nid. L'air était doux. Je me suis avancé sur le rebord. J'ai senti le vide comme une caresse.

Sur la table, Marie dépose un cahier à spirale grand format vierge et deux feutres noirs à pointe fine. Elle appuie sur la touche du magnétophone. Un grésillement rompt le silence de la pièce froide et sans vie. Marie se demande pourquoi les salles d'interrogatoire sont dépouillées comme des cellules de moines cénobites. Aucun manuel de police ne répond à cette question. Face à elle, Lila, le visage presque doux, un sourire énigmatique accroché aux lèvres, paraît assoupie. Incompréhensible Lila. Femme sans nom, sans voix, sans passé. Lila la muette semble lui dire qu'elle n'obtiendra rien d'elle, que ces simulacres les éloignent toutes les deux de la vraie vie, qu'elles sont prisonnières d'un jeu de dupes. Elle la fixe soudain d'un regard de louve qui attend l'attaque, la pupille dilatée. Marie la brindille rousse porte une robe grise, des bas et des bottes noirs. Elle va et vient devant sa proie, captant à chaque passage le rayon laser de ses yeux. Lila arbore un collier de perles anthracite qui met en valeur sa gorge claire et s'accorde à ses prunelles noires. Les deux jeunes femmes se jaugent, s'épient, se mesurent.

Marie choisit le mode d'interrogatoire que ses collègues de la PJ ont approuvé à l'issue d'un débat serré. Jamais ils n'ont eu affaire à un muet. Ils vivent une situation inédite. Marie l'interrogera par écrit. Les tests médicaux ont confirmé que la jeune femme est dotée d'une audition normale. Ses cordes vocales sont en parfait état. Les experts ont conclu à un mutisme post-traumatique. Quant aux empreintes digitales, elles n'ont rien révélé de son identité.

– Lila, je vais définir les règles du jeu entre nous. D'abord, je ne suis pas votre ennemie. Je suis là pour vous aider. Je sais que vous comprenez tout ce que je dis. Vous me répondrez par écrit. Nous sommes dans le cadre d'une enquête préliminaire. Elle peut être classée sans suite dans les heures qui viennent. Ou bien nous pouvons ouvrir une information judiciaire et les choses se compliqueront pour votre ami, M. Compliment. Car il est bien votre ami, n'est-ce pas... ? Sa mise en cause dépend de vous... Vous pouvez l'innocenter immédiatement... Prenez votre temps pour répondre : Georges Compliment vous a-t-il retenue prisonnière à son domicile durant l'année qui vient de s'écouler ?

Lila arbore un sourire extatique, les yeux rivés à un point invisible du mur. Marie Lévine fait glisser le cahier à spirale vers elle. Lila pousse un bref soupir, sans jeter un œil au cahier.

– Cela signifie-t-il que vous n'avez pas été sa prisonnière, poursuit Marie Lévine, que vous étiez comme en convalescence chez lui ? Réfléchissez bien. Rien ne presse.

Lila ne bronche toujours pas. Elle semble absente, en lévitation. La jeune policière se souvient du mutisme boudeur des adolescentes fugueuses qu'elle traitait à la brigade des mineurs. Des gamines terrorisées à l'idée du retour au domicile familial. Elles refusaient toujours de décliner leur adresse et leur identité. Elles finissaient par craquer au bout de quelques minutes. Lila leur ressemble, pense Marie. Seule différence : elle a le physique d'une femme de plus de vingt ans. De quoi a-t-elle peur ? La fonctionnaire de police extirpe de son sac à main un dossier médical contenant les radiographies de la colonne vertébrale de Lila. Marie s'attarde sur un cliché, l'exhibe en pleine lumière. Elle observe un imperceptible tremblement de tout le corps de Lila. Marie se jette à l'eau, sans trop savoir où elle va. « Fie-toi à ton instinct », lui a conseillé le commandant Degas.

– Quand j'ai consulté ces radios de votre colonne vertébrale, j'ai eu un choc, Lila. J'ai pensé à moi, à l'accident de hand-ball qui m'a clouée au lit durant plus de trois mois. Nous avons les mêmes types de fractures. J'habitais Villeurbanne, dans la proche banlieue de Lyon. Au cours d'un match de championnat, après un tir en extension, une adversaire m'a violemment poussée, je suis tombée sur le dos. Plutôt mal. J'avais deux vertèbres lombaires fracturées. Je souffrais le martyre. Vous connaissez cette douleur, Lila. Elle est lancinante, elle vous traverse le corps comme une épée. Elle irradie jusqu'à la moindre de vos extrémités nerveuses, elle s'immisce dans vos articulations. Elle vous enserre la tête comme un étau. Et toutes les larmes de votre corps ne vous soulagent pas. Les médecins avaient beau m'assommer de calmants, je pensais mourir. J'ai porté un plâtre du bassin à la poitrine pendant six semaines. Une momie. Vous imaginez le calvaire. J'avais seize ans. Je ne savais pas si j'allais récupérer l'usage de mes membres. Au début, mon petit ami venait me voir tous les jours à la clinique. Et puis ses visites se sont espacées. Jusqu'au jour où il m'a annoncé qu'il quittait la région lyonnaise pour Paris. Ses parents avaient été mutés dans la capitale. J'avais la nostalgie de nos balades au parc de la Tête-d'Or, de nos escapades dans les traboules de la Croix-Rousse, de nos baisers volés dans un bar de l'avenue Émile-Zola, le Loustalot. Entre deux étreintes, nous buvions des laits grenadine, qu'on appelait des « bébés roses ». Ludovic était charmant et très attentionné. Il était le chef d'une petite bande de filles et garçons dont le point commun était la passion du hand-ball. Nous organisions des fêtes dans un hangar désaffecté, au fond d'un terrain vague, tout près du lycée. On s'inventait nos vies. Moi, je voulais être alpiniste, à cause de mon père qui avait été guide de haute montagne dans sa jeunesse. Je connaissais chacune des photos de ses exploits. Sur toutes, on voyait des visages radieux, brûlés par le soleil, de baroudeurs des cimes, ivres de victoire, de dépassement de soi. Ils flottaient au-dessus des nuages. Je n'imaginais pas de plus grand bonheur. Je voulais connaître ce genre d'extase. Mon accident a un peu bouleversé mes plans. Il m'a fallu plus d'un an pour marcher à nouveau. Mais je ne vais pas vous raconter ma vie, revenons à vous…

Lila fronce les sourcils, observe Marie comme si elle la voyait pour la première fois, avec un mélange de curiosité et de peur. Elle tend la main dans un geste d'une extrême lenteur, s'empare du cahier à spirale et note, l'air grave : *Continuez, s'il vous plaît.*

Elle lance un regard presque suppliant vers Marie. La policière feint la surprise puis s'exécute. Au fond, elle est en ébullition : elle a traversé la frontière, franchi la ligne invisible qui la rapproche de cette femme en pointillés. Il ne faut pas dévier de cette route, se motive-t-elle intérieurement. Parler, parler encore, se raconter. Imiter Georges Compliment, occuper le terrain. Ne pas rompre le charme. Progresser à pas réguliers et précautionneux comme un explorateur qui s'aventure sur une terre vierge. Chercher le passage. Marie

Lévine devient presque volubile. Mystérieuse Lila, captive captivante, séquestrée à ciel ouvert, otage sans chaîne, prisonnière sans barreau, dans quel château d'If as-tu perdu la parole ?

Marie s'interrompt soudainement. Elle sort une nouvelle pièce à conviction de son sac : la reproduction du tableau de Frida Khalo, *Autoportrait à la robe de velours*. Elle l'exhibe comme un trophée.

– Elle avait dix-sept ans quand elle a été victime d'un accident de bus. Elle a beaucoup plus souffert que moi, bien plus longtemps. Avant de me larguer, Ludovic m'a offert une monographie d'elle en me disant que de la douleur pouvaient naître les plus belles choses. Que Frida Khalo en était la preuve. Mon fiancé mettait la barre un peu haut, ne trouvez-vous pas, Lila ? Ou bien était-il un peu pervers ? Offrir à une éclopée de se mesurer à un génie n'est pas forcément un cadeau. Vous croyez, vous, que le malheur peut produire du beau ?

Lila se jette sur le cahier et gribouille une phrase à peine lisible : *Au plus fort de l'orage, il y a toujours un oiseau pour nous rassurer. C'est l'oiseau inconnu. Il chante avant de s'envoler.*

C'est de René Char... Moi, j'ai trouvé une mésange bleue. Elle est devenue mon amie...

La policière réagit, agacée par le petit jeu de Lila :

– La mésange bleue est un oiseau charmant, mais qui n'a que peu de rapport avec Frida Khalo. Elle aimait, certes, les animaux, les perroquets. Les singes aussi. Mais votre accident, comment cela est-il arrivé ?

Lila écrit : *Je suis tombée... Je ne connaissais pas encore la mésange bleue.*

– Comment êtes-vous tombée ? Avez-vous été torturée comme le prétend Georges ?

Je suis tombée. Comme une pierre...

– Où est tombée la pierre, Lila ?

Derrière la glace sans tain de la salle d'interrogatoire, Firmin Degas et ses collègues suivent l'audition. Marie a perdu le contrôle. Dominée par le magnétisme de Lila, elle a explosé en vol. Elle joue à Lila. Elle est Lila. Il faut arrêter cette débandade. Si l'on apprend ce qui se passe au « 36 », la brigade sera la risée de la Préfecture de police. Par l'interphone, le commandant Degas somme Marie de quitter la pièce. La policière est furieuse quand elle rejoint l'équipe.

– On arrête ça tout de suite, lui lance-t-il. Tu veux lui donner des cours d'histoire de l'art ?

C'est quoi, ce délire d'accident à Lyon ? Tu es originaire de La Rochelle. Tu m'avais dit que ton père était comptable chez le vaisselier Geneviève Lethu…

– Écoute, commandant, tu m'as dit de me laisser guider par mes intuitions. Alors, s'il te plaît, donne-moi une demi-heure, pas plus. Tu vois bien qu'elle m'écoute …

– Oui, elle a pris le dessus sur toi. C'est elle qui pose les questions, et toi qui réponds… On nage dans l'absurde. Cette fille doit être confiée à des psychiatres, pas à des flics.

– Firmin, s'il te plaît, insiste la policière. Donne-moi une demi-heure.

– Tu as vingt minutes, cède Firmin. Après, on passe à autre chose.

Marie se précipite dans la salle d'interrogatoire. Sur la table, le cahier à spirale est grand ouvert.

Lila a écrit : *Vous connaissez le tableau* Je suis un pauvre gibier, *de Frida ?*

– Oui, je crois. Il s'appelle aussi *Le Cerf blessé*. On y voit la tête de Frida surmontant le corps d'un cerf transpercé de flèches, au cœur d'une forêt d'arbres morts.

Lila rédige d'une main tremblante : *Elle l'a peint vingt ans après celui de la robe de velours.*

– Quel est le rapport entre les deux tableaux ? demande Marie.

C'est moi le gibier...

– Que voulez-vous dire ?

Pas ici.

– Comment ça, pas ici ?

Ici, c'est trop dangereux...

– Vous êtes prête à vous exprimer ailleurs qu'ici ?

Oui, je suis prête. Vous êtes comme ma sœur. Comme Frida. On serait mieux chez vous.

Marie va à l'interphone :

– Qu'est-ce qu'on fait ?

– On arrête les frais, tempête le patron de la Criminelle. On la libère, Compliment aussi. J'appelle le procureur. Et toi, tu peux aller boire le thé avec elle, écrire une pièce de théâtre, jouer à la grande sœur, si tu veux. Nous, on se remet à des affaires normales, des vrais crimes, avec des vrais indices, des mobiles en béton, tu vois le genre, ce qu'on apprend à l'école de Saint-Cyr-au-Mont-d'Or. Mais avant de prendre l'air, j'aimerais que tu viennes dans mon bureau, si cela ne dérange pas trop ta nouvelle amie...

Dans le bureau de Firmin, ils sont seuls, dans un face-à-face tendu. Marie hurle en brandissant le portrait de Frida Khalo en robe de velours :

– Pourquoi tu lâches maintenant ? Frida Khalo, c'était aussi ton idée. Elle s'est totalement identifiée à elle, c'est sûr. Si tu m'avais foutu la paix, elle aurait fini par me dire comment elle a eu son accident, et où elle a été soignée. On aurait enfin pu lui mettre un nom. Bon sang, qu'est-ce qui t'a pris ?

– Et toi, qu'est-ce qui t'a pris avec cette histoire d'accident de hand-ball ? Tu étais championne de voile, à ma connaissance. Et ce Ludovic, d'où il sort ?

– Tu as lu les cahiers. Lila adore inventer des histoires. Georges s'est plié à ses caprices. Si les psys auprès du tribunal étaient méticuleux, ils auraient fouillé d'un peu plus près la pathologie de Lila. Cette nana est une schizophrène tendance artistique.

– Et moi je suis un psychopathe tendance musique dodécaphonique !

– Va savoir, Firmin. Je comprends que tu aies la trouille. Moi aussi je commence à débloquer. À avoir de l'affection pour Lila et, si tu veux savoir, pour Georges aussi. J'aime cette putain de séquestration. Cette parenthèse enchantée. Ce Georges n'est pas un monstre, ni un pauvre type. Ils se sont trouvés tous les deux. Ils ont construit un château magique avec leurs rêves ou leur folie. Et puis, tu as vu sa ressemblance avec Frida. C'est tout de même troublant !

– Mais ce n'est que le hasard ! peste Firmin. Si elle avait ressemblé à Ava Gardner, tu irais fouiller dans les archives d'Hollywood ?

– Tu as raison, cette affaire n'a rien à foutre au palais de justice, reconnaît Marie. Sauf que Lila refuse toujours de décliner son identité. Tu n'as pas envie de savoir ce qui l'effraie au point de désirer rester anonyme ? Moi, ça me tarabuste... Firmin, je te déteste, tu m'avais promis vingt minutes ! On avait encore des pistes à explorer. Tu as parlé d'un dernier cahier. Tu laisses tomber ? Est-ce que tu es retourné chez Compliment ?

– Oui, mais je n'ai rien trouvé, admet Firmin. Georges m'a certifié qu'il n'y avait que vingt-deux cahiers, pas un de plus. Allez, Marie, on tourne la page. Je t'invite à dîner dans un petit restaurant que j'ai dégotté dans le 14e. Il s'appelle L'Entêtée. Il est tenu par une femme comme toi, une dure de la caboche, mais qui cuisine divinement. Elle est pleine d'imagination, comme toi. Je vais te faire découvrir ses endives au vin rouge...

– Tu es sérieux, là ?

– Oui. On ne va pas se fâcher à cause d'une femme qui se prend pour un cerf et qui a choisi pour âme sœur une peintre morte il y a plus de cinquante ans. Moi, j'arrête les frais. Alors, ce restau ?

– Non, non, non et non ! proteste Marie, dépitée par la désertion de Firmin. Je vais raccompagner Lila. D'ailleurs, où peut-elle aller à part chez Compliment ? Je vais faire un bout de chemin avec elle. Je veux qu'elle me raconte comment elle s'est brisé la colonne vertébrale.

– À partir de maintenant, tu travailles hors procédure, la prévient-il. Pour moi, l'enquête est terminée. Je te conseille de la laisser filer. Si elle veut retourner chez Compliment, c'est son affaire, plus la nôtre.

– D'accord. J'ai trois jours de récupération. Je les prends à partir de maintenant. Pas de problème ?

– Je crois que tu les mérites, ironise le commandant Degas. Je te conseille un bon spa. Tu connais les pierres chaudes ? Ça détend les trapèzes et les lombaires. Toi qui as eu la colonne fracturée, tu devrais essayer…

– Si cela ne te dérange pas, je vais choisir seule mes loisirs. J'ai vu que tu avais le *Diego et*

Frida de Le Clézio sur ton bureau, je peux te l'emprunter ?

– Tu ferais mieux de réviser ton Code de procédure pénale, lui lance-t-il, goguenard. L'affaire est classée. Terminée. Finie. *Over*. Tu comprends ? N'oublie pas que les bœufs-carottes t'ont à l'œil…

– Je vais me déplacer sans arme, répond-elle, furieuse, en se dirigeant vers la porte de sortie. Merci du conseil. Ah, encore une chose, Firmin : je n'ai pas eu les vertèbres cassées, c'est vrai. Ce que j'ai est bien pire.

Cahier 23

Puisqu'il faut tout se dire, puisque telle est désormais, entre nous, la règle, je dois te dévoiler quelques-uns de mes secrets. Selon notre pacte, je ne révélerai jamais à quiconque la moindre ligne du cahier n° 23. Jamais je ne dévoilerai ton identité réelle ni les conditions dans lesquelles tu as perdu l'usage de la parole. Jamais je n'ouvrirai aux autres le grimoire de tes douleurs et de tes peines. J'avoue ne pas comprendre pourquoi tu m'as choisi, par quel miracle tu as desserré pour moi les gonds de tes prisons intimes. Tu m'écris que ce don va bien au-delà de l'amour, que nous avons dépassé les limites de la fusion entre deux êtres, que le sexe est vain. Pourtant la liste de tes amants est interminable, les amis de ton père, certains de ses adversaires politiques, tes professeurs, tes moniteurs de ski, tes gardes du corps, mais aussi des petits dealers de banlieue, un braqueur, un gigolo, un champion de tennis, un patron de discothèque à la mode. Tu auras tout essayé pour provoquer une réaction de ce père lointain et omniprésent, qui t'a expédiée dans une geôle invisible. En te donnant la vie, il t'a projetée dans la lumière puis précipitée dans l'ombre, te protégeant comme un joyau inestimable. À ses yeux, tu étais les ferrets de la reine, le diamant pur qu'il fallait soustraire à la noirceur du monde. Pour atteindre les plus hautes sphères, il a pactisé plus d'une fois avec le diable. Il a oublié ses idéaux, trahi ses rêves. Tu étais devenu sa planche de salut, sa chance de rédemption. Il te voulait innocente, immaculée, recluse. Une sainte Thérèse d'Avila éclairant ses ténèbres de ses yeux d'enfant. Il t'a enchaînée. Un jour, tu as fait le grand saut, et ton dos a volé en éclats, comme une mangue trop mûre. On t'a transportée sous une fausse identité dans une clinique de l'armée, dans la banlieue sud. Tu étais gardée jour et nuit par des hommes équipés d'oreillettes. L'ensemble du personnel, médecins et infirmières, était tenu au « Secret défense ». « La fille secrète du chef se suicide », tu imagines la une des journaux ; la double vie de celui que tu surnommais le Haut Placé, le HP, révélée au grand jour ; tes amours tumultueuses déballées dans la presse à scandales, ton anorexie fixée par les flashs des paparazzi. En tentant de t'échapper du Périmètre, tu étais tombée dans un nouveau piège, plus contraignant, plus pervers. Tu as fait tes premiers pas au bout d'un an, après de multiples opérations. Tu étais devenue mutique. Les meilleurs spécialistes t'ont auscultée. En vain. Aucune séquelle physiologique. Seule explication avancée : le traumatisme t'avait débranchée du réel. Tu avais opté pour le monde du silence, narguant ainsi ton géniteur plongé dans le bruit et la fureur. Tu voulais t'éloigner à jamais de lui. Une armée de psychiatres et de psychanalystes étudièrent ton cas. Personne n'osait tirer de conclusion définitive. Tout simplement parce qu'aucun ne connaissait ta véritable histoire. Les praticiens ne possédaient qu'un bout du puzzle, qu'une parcelle de vérité. Lentement, tu t'es emmurée.

Durant ton hospitalisation, ton père n'est jamais venu te voir car il ne fallait pas éveiller les soupçons. Il t'envoyait chaque semaine une lettre manuscrite par l'entremise de ta mère. Il te couvrait de livres, voulait te faire découvrir Tristan Tzara, l'homme au monocle et au nœud papillon. Tu te souviens de ces vers du Roumain dadaïste qui résumaient la vie de ton père ?

j'ai vu les lents soleils des voix rouler par terre
je n'étais nulle part

Dans ses courriers sophistiqués, un peu pompeux, il promettait de rompre avec ce monde qui le coupait de toi. Un jour, il t'emmènerait à Venise, dans le ghetto juif, visiter des encadreurs de tableaux exceptionnels, des gens qui lui apprendraient le métier, car, te confia-t-il, il rêvait de devenir encadreur pour, ce sont ses mots : contenir le monde, l'enfermer dans un espace clos, chaud, rassurant. Il promettait qu'il ne te quitterait plus jamais, que le Périmètre serait définitivement aboli. Mais l'heure, t'écrivait-il, n'était pas encore venue. Il devait achever sa mission, se donner encore quelque temps à son peuple, livrer les dernières escarmouches, orchestrer encore les petites et les grandes vanités de ses semblables, courtisans, fils putatifs, escrocs, ambitieux en tout genre, quémandeurs de médailles, de titres ronflants, de reconnaissance. L'exercice du pouvoir ne l'amusait plus. Il n'y voyait qu'un théâtre d'ombres médiocre. Il n'était plus qu'un bloc d'amertume et de cynisme. Une machine à calculer les pourcentages, obsédée par les courbes des sondages. Tu te demandais si du sang coulait encore dans ses veines. Ses yeux avaient la fixité de ceux du crocodile. Tu avais compris qu'il était dévoré de l'intérieur. Un de ses proches, un des rares autorisés à t'approcher, t'avait expliqué que le Haut Placé ne s'appartient pas. Il est l'otage de sa charge. Quels que soient les privilèges apparents, la fonction suprême est une petite mort. Toi qui aimais cet homme plus que toi-même, tu le voyais dériver vers un précipice. Un jour, tu lui as demandé : « Où es ton âme ? », du ton dont on s'enquiert : Où sont les serviettes de bain ? Il était désarçonné. Il s'est penché vers toi. Tu avais onze ans. Il a dit : « Mon âme est dans une lagune, quelque part sur la mer Adriatique. Elle est postée tel un garde-côte qui, armé de ses jumelles, scrute l'horizon. Elle attend la grande marée pour t'emmener avec elle contempler en silence le coucher de soleil. » Tu as pensé un instant que ton père pouvait être poète ou escroc. Tu as attendu la grande marée. Dans les études de Camille Flammarion, le fameux astronome du XIXe siècle, tu as découvert que les grandes marées, ou marées de vive eau, surviennent quand la Lune, le Soleil et la Terre sont alignés. Durant cette période, leur attraction gravitationnelle est maximale. Elle fonctionne comme un gigantesque aspirateur céleste qui agit sur les surfaces océaniques. Il suffisait de surveiller les mouvements de la Lune. Et d'attendre.

Ton père t'avait menti. Il n'y a pas de marée dans les mers fermées. La Méditerranée est un lac de Genève en plus grand, et qui sent l'huile d'olive. Et l'Adriatique n'a jamais connu le moindre flux marin. Ou si peu. Il ne t'a jamais accompagnée à Venise. Il s'est présenté une seconde fois à l'élection du Haut Placé, comme un joueur de poker incapable de quitter la table de jeu, par défi, par peur de se retrouver seul, la nuit. Tu voulais le voir chassé, humilié, quittant honteusement le Palais. Le soir de l'élection, tu fixais l'écran de télévision, espérant sa mise à mort. À vingt heures, tu as vu son visage pixélisé apparaître lentement à l'écran. Il avait choisi de finir sa vie avec les vampires. Tu as commencé à le haïr. Tu refusas de le voir. Tu étais devenue un fardeau encore plus lourd pour lui. Il fallut te placer dans un établissement spécialisé. On avait déniché une clinique discrète, près de l'hôpital Sainte-Anne, à deux pas de la Butte aux Cailles. Sans le savoir, nous vivions tout près l'un de l'autre. Dans cet établissement, on t'a installé un genre de petit appartement dans les combles. Un deux-pièces aménagé selon ton goût, curieusement très masculin dans son fonctionnalisme : murs blancs, meubles noirs ou gris, tables en verre dépoli. Tu vivais sous un faux nom. Tu t'appelais Lila Tristan. C'est durant cette période que tu as approché le mystère de Frida Khalo. Avec l'énergie du désespoir, tu t'es lancée dans l'écriture. Tu noircissais des cahiers avec une rage qui effrayait tes médecins. Les psychiatres cherchaient un sens dans tes textes. Tes héroïnes étaient des prisonnières célèbres, comme Jeanne d'Arc, Ingrid Betancourt, Aung San Suu Kyi, ou inconnues, comme cette Lila venue de Serbie. Toutes finissaient par s'enfuir. Tu y parvins aussi.

C'était un jour d'orage. Tu avais passé une nuit épouvantable après avoir lu dans les journaux que la femme officielle de ton père attendait un nouvel enfant, à plus de quarante ans. Tu avais déjà trois demi-frères et une demi-sœur que tu ne connaissais pas. Et voilà qu'un sixième lardon te renvoyait une fois encore à ta clandestinité. Alors, tu as sorti le grand jeu. Hurlements et automutilations. Tu t'es fracassé la tête contre un mur, puis sur le rebord du lavabo de la salle de bains, tu t'es tailladé le corps avec les bris du miroir, puis les mains. Tu savais que tu aurais droit à la camisole chimique, pour te protéger de toi-même.

Quand Marta, ton infirmière, a pénétré dans ta chambre, tu n'étais plus qu'une boursouflure de chair. Elle n'a pas hurlé. Elle t'a portée jusqu'à la salle de bains, a soigné tes plaies sans prononcer un mot. Elle t'a lavée, maquillée, puis t'a demandé de l'attendre. Marta, ta lumière. Elle était d'origine colombienne. Elle venait d'une zone caféière de la Cordillère centrale. À vingt ans, elle avait fui la guerre civile avec ses deux enfants. Ses yeux remplis d'une douceur infinie et d'une humanité toute chrétienne, le signe de croix qu'elle faisait chaque fois qu'elle entrait dans ta chambre, la façon de t'appeler *« mi nena »,* « mon bébé », tout te rassurait chez elle. Elle ne te percevait pas comme une patiente, mais comme une princesse en cage, une petite fille abandonnée dans un orphelinat aseptisé et anonyme. Est-ce parce que, comme la plupart des gens du peuple de son pays, elle avait eu un de ses proches prisonnier de la guérilla ? Avait-elle elle-même été prise en otage ? Instinctivement, d'un seul regard, elle savait ce que tu ressentais.

Certains soirs, tu te blottissais contre son corps chaud. Elle te répétait « *Cariño*, *cariño* » et tu t'endormais, voguant sur un lac épais et silencieux. Elle te donnait ce que ta mère ne t'avait jamais donné : sa chair. Quand son regard croisait le tien, tu n'avais aucun doute : cette femme te sauverait de l'enfer.

Ce jour-là, elle est revenue avec un trench-coat, une écharpe, des lunettes de vue, un béret, un sac à main dans lequel elle a glissé *Lullaby*, puis elle t'a conduite, ainsi accoutrée, jusqu'à la sortie. Tout s'est passé très vite. C'était la fin des visites. Les familles des patients et le personnel médical se pressaient, affairés, dans les couloirs. Marta t'a fait passer au milieu d'un groupe de Chinois qui se dirigeaient vers l'entrée de la clinique. Tu t'es retrouvée dans la rue, hagarde, stupéfaite, le corps endolori. Comme un blessé de guerre sorti trop tôt de l'hôpital. La pluie battait le pavé. Le ciel grondait comme s'il voulait punir les hommes. Les rafales de vent et d'eau te fouettaient le visage. Tu as remonté le col de ton trench. Marta avait oublié d'ajouter un parapluie à la panoplie. Tu as ri à cette idée saugrenue. Tu as respiré l'air froid à pleins poumons, jurant une reconnaissance éternelle à la femme qui t'avait fait sortir du Périmètre. Tu ne savais où aller. Tu t'es engouffrée dans le métro, station Glacière. Quelques minutes plus tard, je t'ai vue.

Je dois une fière chandelle à Fidel Castro et à sa bureaucratie tatillonne qui tarde tant à accorder un visa à la fiancée de mon oncle. Édouard m'a écrit cette semaine. Il faudra un bon mois pour que la situation de sa dulcinée soit régularisée. C'est une chance inespérée. Nous avons encore une poignée de jours devant nous pour essayer d'y voir un peu plus clair. Car il faudra bien répondre à ces questions : notre histoire n'est-elle qu'une parenthèse, qu'un moment de grâce ? Quel rôle m'as-tu assigné ? N'ai-je été pour toi qu'un accélérateur de particules, qu'un passeur ?

À l'heure de la lecture, quand Frida nous rejoignait, quel sentiment nous unissait-il ? Nous partions au Mexique, nous croisions Pancho Villa et Emiliano Zapata, révolutionnaires flamboyants et féroces du début du XXe siècle qui portaient la violence d'un pays en éruption permanente, assassinés tous les deux. Tu aimais que je te conte l'appétit sexuel de Diego Rivera pour les bourgeoises venues d'Espagne, les Indiennes, les étudiantes, les riches Américaines. Tu voulais en savoir toujours davantage sur ses frasques, ses excès, ses débordements de macho latino. J'étais troublé. Tes paupières papillotaient. Tes yeux se voilaient et brillaient d'une flamme sans équivoque. Tu m'as écrit que tu aimais ma voix. C'était la première fois que quelqu'un me disait ça. Quand, parfois, il m'arrivait de m'écouter sur un magnétophone, j'étais surpris et saisi d'angoisse. Ce n'était pas moi que j'entendais, mais un étranger dont j'ignorais tout. Toi, la muette, tu m'as appris à apprivoiser ma voix. Quand j'ai entamé la lecture de *Lullaby,* j'articulais avec la maladresse du débutant ; je mâchais les mots avec précaution par peur de les ébrécher. Et, peu à peu, soir après soir, cette musique venue de moi-même m'envoûtait. J'étais apaisé, confiant. Je m'appliquais à respirer profondément, à laisser des espaces entre les mots, à inventer une mélodie dans les phrases. C'était ma manière à moi de te caresser. Les mots glissaient sur toi comme un onguent réparateur. Était-ce de l'amour ?

Querencia. Zone de survie du taureau dans l'arène. Espace de sable et de lumière délimité d'instinct par l'animal. Son territoire, son périmètre de protection. Les puristes de la corrida l'appellent « la frontière du désir », car le mot vient du verbe *querer*, « aimer » et aussi « vouloir », en castillan. Quand une ombre traverse la *querencia*, le taureau charge. La bête devient féroce et veut tuer. Les toreros l'apprennent dès leur plus jeune âge : ils doivent maîtriser la *querencia,* s'y déplacer avec la légèreté d'un fantôme, pour contrôler l'esprit de l'animal. L'homme pénètre dans l'espace du désir et de la peur sur la pointe des pieds, à pas de velours, en se dandinant comme une aigrette sur le qui-vive. Le danger est là, haletant, tendu, guettant la faute. La masse noire vous devine, surveille le moindre mouvement. La magie secrète de la corrida se situe dans ce moment cathartique de la rencontre entre deux ombres. L'instant des effleurements, de la phase d'observation, de la reconnaissance en terrain ennemi, dans un jeu de lignes invisibles. L'issue du combat se joue sur ce terrain. Comme dans une parade amoureuse. Georges Compliment est plongé dans le cahier n° 23. Il écrit sur la dernière page : « L'amour est une *faena* », il hésite à ajouter le mot « Fin », puis rature sa formule, qu'il juge prétentieuse, referme le cahier, le glisse dans une enveloppe plastifiée. Il se dirige vers le fond du jardin. Devant la rangée de palmiers nains, près du mur d'enceinte, il creuse un trou, y dépose l'enveloppe. Pourquoi a-t-il éprouvé le besoin, à la fin du cahier 23, d'évoquer la corrida, cet art de l'esquive qui l'a passionné quand il était adolescent et dont il s'est désintéressé tout aussi soudainement. Lila ne lira jamais ces dernières pages. Oui, Georges, tu as réussi à pénétrer dans le périmètre de protection de Lila, ou, plutôt, elle t'a laissé y entrer. Oui, tu t'es introduit en douceur dans la *querencia* de Lila. Georges se souvient des après-midi d'été où il accompagnait l'oncle Édouard à Dax, Bayonne, Mont-de-Marsan ou Vic-Fezensac. Ils allaient « au taureau ». Georges avait une douzaine d'années quand Édouard l'autorisa à assister à ses premières *novilladas*. Son oncle était un pédagogue passionné et érudit. Il disait à son jeune élève qu'il devait se laisser porter par le spectacle. Surtout qu'il ne prête pas l'oreille aux *aficionados* venus du Nord, les verbeux, les spécialistes, qui se gargarisent de mots techniques pour singer l'étrange tribu des amoureux de l'arène. Aujourd'hui, les leçons d'oncle Édouard resurgissent, limpides, porteuses de vérité. Avec lui, il a bu ses premiers verres de manzanille, ce vin blanc andalou au goût de bois des Indes qu'on déguste dans les ruelles de Séville, les jours de *feria*. Il se souvient qu'il a aimé la musique pétaradante et joyeuse des *bandas*, humé les odeurs de saucisse grillée, vu débarquer les joueurs de rugby des clubs de la région, éméchés et hilares, chantant à pleine gorge *Lou ceu de Pau,* courant les rues bras dessus bras dessous. Il a aimé cette ambiance de kermesse gasconne, les fins d'après-midi de canicule, quand les hommes en chemise blanche, cigare aux lèvres, partaient saluer les taureaux. Imperceptiblement, l'atmosphère changeait. L'air se chargeait de solennité. Les enfants ne criaient plus. Le peuple insouciant avait rendez-vous avec la tragédie. Comme lui aujourd'hui.

Georges avait été heureux sur cette planète provinciale à cheval entre le Gers et le Tarn-et-Garonne. Il aurait pu trouver un petit boulot, se dégotter une fille du pays, l'épouser, et vivre tranquillement. Il ne se souvient plus d'où a surgi cette idée de devenir restaurateur de tableaux. Il s'intéressait vaguement à la peinture. Il avait la sensation qu'une partie de lui-même recelait un petit don artistique, sans plus. Il n'avait aucune référence, aucun modèle. Il était même plutôt ignare. Il n'avait jamais mis les pieds dans un musée, hormis lors d'un voyage scolaire à Madrid, au cours d'une visite du musée du Prado. *Le Pantin* de Goya l'avait poursuivi, allez savoir pourquoi... Quatre paysannes charmantes et rieuses, en cercle, tiennent les coins d'un drap tendu et projettent vers le ciel une marionnette, un homme désarticulé, sans ressort. Georges fut bouleversé à la vue de ce pantin porté aux nues par les quatre femmes. Il s'inscrivit aux Beaux-Arts, à Toulouse, poursuivit des études dans une école de restauration, à Gradignan, dans la banlieue bordelaise. Il y rencontra Agnès, une jolie blonde au sourire dévastateur et aux hanches hospitalières qui lui fit découvrir l'amour. Georges avait dix-neuf ans. Il n'était plus puceau. Agnès avait une féroce énergie vitale. Elle s'était emparée de Georges, ébloui par l'irruption du plaisir dans sa vie. Agnès était une femme volontaire et exigeante, méthodique, une petite bourgeoise brillante et sans complexe. Elle avait l'ambition d'être conservateur d'un musée national. Elle détestait Emmanuel Bove, apologiste des loosers, qu'elle jugeait déprimant et sans style. Elle raillait le goût monomaniaque de son partenaire pour Goya. Elle ne s'intéressait qu'à l'art contemporain, aux Français des années quatre-vingt. Ils se mirent tout de même en ménage, dans un deux-pièces mansardé du quartier de Bacalan, sur les bords de la Garonne.

Georges était soulagé. Agnès était comme un manager pour lui, un coach qui le poussait à s'investir, à penser à l'avenir, à en finir avec cette posture de dilettante. Sa vie avait un sens. Au début de leur installation, les amis d'Agnès eurent du mal à accepter ce couple si peu assorti. Agnès la conquérante et Georges le discret. La citadine et le paysan. Que pouvait bien attendre une jeune femme aussi dynamique de ce type insipide, un peu lunaire ? Agnès avait une théorie simple sur l'amour : les contraires s'attirent et se conviennent. Elle revendiquait avec une assurance belliqueuse la différence entre Georges et elle. Elle avait besoin d'un homme fragile à ses côtés qu'elle puisse protéger. Quel que soit le sujet, ils campaient sur leurs positions en lançant à leurs amis sceptiques : « Tout nous oppose », et ils partaient dans des éclats de rire qui présageaient des catastrophes. Pendant deux ans, ils s'amusèrent au jeu des contraires, fiers de leur singularité. Ils étaient un couple atypique. Agnès se nourrissait de riz et de légumes. Georges se délectait de plats en sauce mijotés. Georges se prélassait dans la baignoire avec un roman de gare, qu'il qualifiait d'émollient. Agnès se douchait à toute allure, avalait un café et se jetait sur son agenda. Georges parvint tout de même à lui faire visiter la maison dans laquelle mourut Goya, à Bordeaux, le 16 avril 1828. Et, de guerre lasse, il consentit à s'intéresser aux artistes « monumentalistes » de la génération du mécénat industriel des usines Renault, Dubuffet et César. Et puis Agnès voulut un enfant.

Une envie irrépressible d'être enceinte. Une affaire à régler séance tenante, comme d'aller aux toilettes en fin de conseil d'administration. Elle avait choisi Georges comme géniteur. Il avait beau nier son aptitude à la paternité, elle n'en démordait pas. Elle l'avait désigné. Il fallait obtempérer. Il finit par se plier à ses exigences et leur lit se transforma en laboratoire. Les jours d'ovulation, elle allumait des bougies dans la chambre, se parfumait plus que d'habitude et se déguisait en danseuse du Crazy. Georges, lui, voyait le taureau de la ferme d'oncle Édouard, ses quintaux de chair montés sur des poulies, les pattes ne touchant plus le sol, tentant vainement d'offrir le liquide séminal à une vache occupée à brouter le foin qu'on lui apportait. Il en avait la chique coupée. Plusieurs mois s'écoulèrent, ponctués de résultats négatifs. Agnès devint irritable et fit porter à Georges le chapeau de ce fiasco. Elle exigea qu'il fasse des tests de stérilité. Il se retrouva dans des centres où il devait faire examiner sa semence, avec le soutien laborieux de revues érotiques. Les résultats furent positifs, ce qui n'empêcha pas Agnès de maintenir que Georges était le coupable. Son égoïsme, prétendait-elle, l'empêchait de la féconder. Ses spermatozoïdes n'avaient pas la fibre partageuse. Georges pensa de nouveau à la malédiction familiale, à son inconséquence amoureuse. Malgré cette tension nouvelle, il se laissait porter par la routine du quotidien, espérant sans entrain le choc qui provoquerait la rencontre au sommet entre l'ovule d'Agnès et l'un de ses spermatozoïdes.

La fin de cet épisode scabreux survint un jour de fin d'été, alors qu'il revenait d'une promenade au bord de l'océan, du côté du Porge. Il fut convoqué par Agnès dans leur chambre. Elle était assise sur le lit, les cheveux ébouriffés, les mains posées sur les genoux, l'air terrorisé par on ne sait quelle nouvelle épouvantable. Elle éclata en sanglots, incapable de prononcer un mot. Georges ne supportait pas les drames. Dès qu'une tragédie guettait, il se drapait dans un halo de froideur distraite, comme si rien ne pouvait l'atteindre. Cette fois encore, alors qu'elle s'épanchait bruyamment, Georges prit un air apitoyé et se concentra sur une reproduction des *Vendanges* de Goya accrochée au mur, derrière Agnès. Une œuvre lumineuse, pensa-t-il. Il s'attarda sur la femme au teint de pêche, resplendissante. Elle offrait une grappe de raisin à un homme et à un enfant qui rayonnaient de bonheur. Scène bucolique, d'une fraîche sensualité. Un pique-nique campagnard évocateur d'amour et de sérénité. Comme un contrepoint au malheur ambiant. Agnès semblait anéantie par un mal foudroyant. Il la trouvait encore plus belle, les yeux embués de larmes, le visage pâle, presque diaphane.

« J'ai honte de le dire, les pleurs des filles provoquent en moi un intense désir. Son chagrin si violent réveilla ma flamme et j'eus envie de lui sauter dessus et de la prendre, là. Je venais d'avoir vingt-six ans. Je regardais cette femme que je croyais forte en pleine dérive. Un sixième sens m'alerta et me suggéra de l'écouter. »

Dans un râle, Agnès lui avoua qu'elle était enceinte. Mais pas de lui. Elle avait rencontré un homme quelques mois auparavant, dans un stage au ministère de la Culture, à Paris. Une simple aventure, gémissait-elle. Georges n'avait aucune envie d'entendre parler de ce rival surpuissant qui avait engrossé sa compagne. Il pensait à l'étrange alchimie du corps féminin, au rôle mystérieux de l'hypothalamus dans la procréation. Agnès bafouillait, s'humiliant, demandant pardon. Il ne l'entendait plus. Le monde de Georges venait de s'effondrer. Et, avec lui, la théorie des contraires. Elle lui confessait qu'elle était l'unique coupable, qu'elle portait la responsabilité de leur incapacité à procréer, qu'elle allait entamer une analyse pour comprendre pourquoi son corps avait fonctionné avec un autre, et pas avec lui. Il avait été héroïque, disait-elle, elle était prête à tout pour le garder, même à perdre l'enfant qu'elle portait.

Georges fixa longuement le gamin au costume vert amande, ceint d'une écharpe rose, qui tend les mains vers la grappe pleine de suc, le ciel clair, le visage radieux de l'homme, la jeune fille à la bouche gourmande, aux yeux noirs comme du charbon, purs comme l'eau des torrents des Pyrénées. Il n'y avait qu'innocence dans ce tableau peint par Goya pour le roi d'Espagne. Georges comprit qu'il ne pourrait plus jamais le regarder.

Il fallait qu'il sorte prendre l'air. Il claqua la porte et se dirigea vers les quais d'un pas rapide, comme un fuyard, jusqu'à la base sous-marine de Bordeaux qui avait été occupée jadis par les nazis. Il pensa à tous les hommes trompés qui, à leur insu, avaient donné leur nom à des enfants illégitimes. Agnès aurait pu le duper, feindre d'être enfin tombée enceinte de lui, sabrer une bouteille de champagne Thiénot, le seul qui trouvât grâce à ses yeux, et entrer en douceur dans le cycle infernal du Grand Mensonge. Georges songea qu'il aurait dû la remercier pour son honnêteté. Sous les embruns de l'estuaire de la Gironde, un bateau de croisière mouillait du côté du quai des Chartrons. Il eut envie d'enjamber la passerelle et de disparaître en se mêlant aux touristes qui prenaient les dernières photos des façades de la Bourse maritime avant de gagner le grand large. Il était détruit et curieusement soulagé, cherchant mille prétextes pour comprendre comment deux êtres pouvaient se fourvoyer dans une histoire d'amour. Il répétait sans cesse : « Son corps a parlé pour elle. Son corps a parlé… » Curieusement, Georges n'était pas en colère, seulement happé par une forme d'indifférence au monde. Il refusait d'utiliser certains mots comme *trahison*, ou *abandon*, ou *vengeance*. Il voulait juste partir loin. Ne plus revoir Agnès, car il se savait capable de rester, de reconnaître l'enfant. Sa faiblesse était sans limites.

Le soir, il prit une chambre d'hôtel dans le quartier Saint-Michel où il était sûr de ne rencontrer personne de sa connaissance. Il s'endormit en rêvant du taureau d'oncle Édouard, de sa paire de couilles gigantesques. Dans son rêve, l'animal, plus léger qu'un ballon gonflé à l'hélium, s'envolait dans le ciel. Cet étrange attelage était encadré d'une escadrille de Mirage 2000. Au milieu de la nuit, Georges se réveilla en se demandant ce que venaient faire des avions de guerre dans un chagrin d'amour, puis il sombra de nouveau dans le sommeil. Le lendemain, il se réfugia chez un ami ostréiculteur du bassin d'Arcachon, à Lèges. Il y resta deux semaines. Chaque jour, ils partaient surveiller les parcs à huîtres. La barge glissait dans les chenaux avec une lenteur apaisante. Les deux hommes, qui se connaissaient depuis leur enfance, évoquaient la couleur du ciel, les marées d'équinoxe, la douceur du vent de terre, les vols de bernaches, la voracité des huîtres numéro trois, les mouvements du sable dans les bas-fonds du bassin. Ils ne prononcèrent pas une fois le nom d'Agnès. Georges était déjà dans une nouvelle vie. Il laissait s'écouler les heures en observant la course des nuages au-dessus des passes du bassin, face à la fureur de l'océan. Le dernier jour, Georges posa une question à son ami : « La confiance, pour toi, c'est quoi ? » Celui-ci lâcha, sentencieux : « Si, un jour, je dois échapper à des tueurs, j'aurai besoin d'un ami qui me planque sans rien me demander. Pour moi, c'est ça la confiance. N'avoir rien à négocier avec quelqu'un, juste lui offrir un périmètre de survie. » Georges lui demanda si ce « périmètre de survie » pouvait aussi exister entre un homme et une femme. Le garçon hésita, laissa échapper un demi-sourire. « Je suis incapable de te répondre. Une femme... Une femme... Je ne sais pas... C'est un autre continent. » Georges rétorqua que l'amitié n'était rien d'autre qu'une forme d'amour, qu'il y avait seulement des erreurs d'aiguillage. Georges pensa à son père, Maurice Compliment, homme réservé, presque taciturne. À sa passion pour les locomotives, aux parties de pêche aux écrevisses dans la Barguelone, le petit affluent de la Garonne, au sud d'Agen, où ils avaient l'habitude de poser des balances aux premiers jours du printemps. Il se souvint du jour où un train avait percuté le cheminot sur une voie secondaire, alors qu'il vérifiait un rail défectueux. Georges avait treize ans. Comment son père avait-il pu commettre une faute aussi stupide ? Une micheline, un de ces trains locaux dont il était l'ardent défenseur, l'avait surpris en pleine rêverie. À quoi pensait-il au moment du choc fatal ? Quelle tragédie intime l'avait catapulté dans cette obsession des trains à petite vitesse ?

Quand il quitta son ami, Georges prit le premier train pour Paris. Il débarqua sans prévenir chez l'oncle Édouard, rue Michal, et lui demanda l'hospitalité pour quelques jours, le temps de chercher un travail et un appartement.

Édouard était enchanté. Il considérait Georges comme son fils. À la mort de Maurice, il avait proposé à Amandine de venir à Paris, lui-même étant veuf depuis plusieurs années. Mais elle avait refusé, prétextant la chorale nouvellement créée à Montauban et où elle espérait bien être première choriste. Édouard accueillit son neveu à bras ouverts. Celui-ci pouvait rester autant qu'il le voulait. Par chance, un encadreur de tableaux de Montparnasse cherchait un assistant. Le salaire était bas. Georges fut embauché aussitôt. Il trouva un petit studio rue Boissonnade, tout près du boulevard Raspail. Il pouvait se rendre à son travail à pied. Il se confectionna une petite vie tranquille, plate, sans bourrasque. Plus personne ne l'empêcherait d'être lui-même.

Quand les deux jeunes femmes sortirent du 36, quai des Orfèvres, le ciel était rougeoyant comme un four à pain. L'été avait filé, emportant avec lui les effluves brûlants du fleuve. L'air frais sentait déjà les feuilles séchées et les champignons. Lila prit la main de Marie et hâta le pas. Elle donnait l'impression de vouloir la conduire rapidement dans un lieu sûr. Quand elles tournèrent sur le boulevard du Palais, Lila aperçut une voiture aux vitres teintées qui pénétrait sous le porche de l'immeuble de la Police judiciaire. Son visage se figea. Ses yeux se remplirent d'effroi. Ses bras battirent comme si elle manquait d'air. Elle fit un signe désespéré à Marie et se mit à courir vers la bouche de métro. Marie hurla : « Arrêtez-vous ! Lila, arrêtez ! » En une poignée de secondes, Lila prit une cinquantaine de mètres d'avance sur Marie. La policière eut tout juste le temps d'apercevoir la voiture qui avait provoqué la terreur de Lila : une 504 Peugeot gris métallisé. Elle était sûre qu'il ne s'agissait pas d'un véhicule de la police, mais d'une voiture officielle. Elle hésita un instant à revenir sur ses pas, puis choisit de rattraper Lila. Elle la vit s'engouffrer dans la station Cité, courut jusqu'aux quais noirs de monde, la perdit de vue. Elle chercha quelques minutes, puis, s'en voulant de son manque de réflexe, regagna la surface. Elle pestait contre elle-même. Lila s'était volatilisée. Aucun indice pour retrouver sa trace. Quelle mouche l'avait piquée ? Marie repensa à l'interrogatoire, au tableau de Frida Khalo *Je suis un pauvre gibier*. Qu'avait-elle voulu lui dire en écrivant : « C'est moi le gibier » ? Tout était tellement invraisemblable. Et puis, il y avait cette voiture officielle surgissant de nulle part. Marie n'avait pas rêvé. Ce n'était peut-être qu'un effet de la paranoïa de Lila.

Marie revint au siège de la PJ. Elle flottait dans l'incertitude. Elle remonta dans son bureau, désemparée. En passant dans le couloir, elle aperçut Firmin Degas. Il était installé à son bureau, la tête prise dans son casque hi-fi, les yeux fermés. Qu'écoutait-il ? Bach, Bartok, Satie ? Quelle angoisse chassait-il de son esprit ? Il aperçut Marie, ôta aussitôt son harnachement, se précipita sur elle :

– Lila, où est Lila ? J'ai essayé de te joindre sur ton portable. Qu'est-ce que tu foutais ?

– Holà, on se calme... Qu'est-ce qui se passe ?

– Où est Lila ? Réponds ! insista le policier.

– Elle vient de me filer entre les doigts. Elle s'est enfuie dans le métro.

Firmin Degas la fusilla du regard, se mit à tourner autour de son bureau, s'empara d'un classeur qui traînait devant lui et le projeta violemment contre le mur.

– C'est une histoire de dingues ! vociféra-t-il. Le procureur veut te voir d'urgence. Écoute bien ce que je vais te dire, c'est très important : l'affaire Compliment est bouclée. Mieux, elle n'a jamais existé. On nous a retiré le dossier, les interrogatoires, les procès-verbaux, les pièces à conviction, tout. L'affaire est classée Secret défense. À partir d'aujourd'hui, nous avons une seule ligne de conduite : Lila, connais pas. C'est clair ?

– Mais tu délires ? Attends, laisse-moi respirer. En quoi une paumée un peu délirante est-elle une menace pour le pays ?

– Qui te parle de menace ? On nous demande juste d'oublier cette histoire. C'est aussi simple que ça.

– Je ne peux pas, trancha Marie. Il faut discrètement organiser une fuite dans la presse. On ne va pas en rester là ! J'ai un bon contact sur un site d'infos Internet, un type très fiable.

– Pas question, lança Firmin. Fais-moi plaisir, Marie, fermons les écoutilles, les petits hommes gris ont pris le relais, il faut les laisser agir.

– Arrête, s'il te plaît... Tu es en train de m'expliquer qu'au premier coup de sifflet de la hiérarchie tu te couches comme un teckel. Tu n'as pas envie de comprendre ce qui se cache derrière toute cette histoire ?

– Non, Marie. J'applique la loi. Or la loi me dit que Lila et Georges sont hors de mon périmètre de compétence. Je me tiens à ça. Et tu devrais faire la même chose. Le procureur a été très sec, voire menaçant, en m'annonçant notre dessaisissement. Il flippait. Il m'a rappelé à ton propos que si tu faisais du zèle, ton dossier disciplinaire pourrait bien être réexaminé. Tu sais ce qu'il veut dire...

Marie comprit aussitôt. Les images qui avaient hanté ses nuits durant les trois dernières années resurgirent. Nanterre. Les émeutes en pleine nuit. Des centaines de gamins devenus fous, saccageant tout sur leur passage, tabassant les automobilistes, brûlant, pillant. L'arrivée des CRS, par centaines, quadrillant la cité. Une atmosphère d'état de siège. Elle est appelée comme consultante, en tant que responsable de la brigade des mineurs. Elle connaît certains chefs de cette bande. Elle les a arrêtés à plusieurs reprises pour des braquages d'épicerie, insultes à agents de la force publique, racket à la sortie des collèges. Elle pourra peut-être en calmer quelques-uns. Cette nuit-là, pour la première fois de sa carrière, Marie a peur. L'air sent la guerre, les lacrymogènes et les pneus cramés. Elle doit rejoindre un des chefs des BAC – les brigades anti-criminalité – qui participent à l'opération. À l'angle d'une rue, alors qu'elle se croit dans une zone sous contrôle policier, elle tombe sur un groupe de jeunes encagoulés. Elle est jetée à terre, rouée de coups. Sa tête est comme un ballon de foot. Elle ne voit plus rien. Elle sent qu'elle va mourir. Elle sort son arme de service, un Sig Sauer 2022 calibre 9 mm, menace ses assaillants. Ils reculent. L'un d'eux éclate de rire, plonge sa main à l'intérieur de son blouson, lui fait une grimace de clown, puis dégaine et tend le bras. Marie tire. L'adolescent s'effondre. Les autres s'enfuient comme une volée de moineaux. Les collègues accourent. Ils découvrent Marie, au sol, prostrée, le visage tuméfié, les lèvres gonflées, bleuies par les coups, recroquevillée en chien de fusil. Ils prennent le pouls de son agresseur, allongé à deux mètres d'elle. Il ne respire plus. Ils examinent le corps et comprennent : le gosse n'avait pas d'arme. Il bluffait, le petit con. Il a pointé son index vers Marie, par défi. Il jouait à la guerre. La balle de Marie a perforé le cœur, puis est allée se loger dans le mur derrière lui. Un flic fouille le gosse, découvre un couteau à cran d'arrêt, s'en empare, l'ouvre et le place dans la main droite du môme, puis prend une photo. Mise en scène. Marie a vu. Elle proteste. On la transporte vers une ambulance, au milieu du hurlement des sirènes. Le lendemain, la police des polices l'interroge. Elle jure qu'elle n'a jamais vu de couteau. Elle refuse le montage. Elle s'en tient aux faits : dans la violence des événements, elle a cru que l'ado la menaçait d'une arme à feu. La famille porte plainte. La presse hurle au scandale, à la bavure policière. Elle révèle que le gamin était gaucher : il ne pouvait pas la menacer en tenant le couteau de la main droite. Marie est piégée. Ceux qui ont voulu la protéger l'ont enfoncée. Elle est prête à révéler le montage organisé par ses collègues pour lui éviter le « tourniquet », le tribunal qui traite les dérapages dans la police. Le préfet la convoque. Il lui explique que l'affaire n'est plus technique mais politique. La cité est à feu et à sang. La population réclame justice. Marie doit jouer le jeu de l'apaisement. On va donc la faire passer en conseil de discipline le plus vite possible, pour calmer les esprits, et la suspendre trois mois, le temps que tout le monde oublie le drame. Elle doit agir pour le bien commun. Marie s'indigne. Les syndicats la poussent au compromis. Pour préserver la paix sociale. Si elle refuse, son affaire ira au pénal. Elle peut se retrouver devant une cour d'assises. Elle cède. Elle demande à rencontrer la famille de la victime, ses supérieurs le lui interdisent. Elle veut tout savoir de l'adolescent qu'elle a tué. Il s'appelait Stan et était en dernière année de lycée professionnel. Il voulait devenir plombier. Les premières nuits, Marie cauchemarde. Elle voit le visage hilare du môme qui, de sa main gauche, brandit un pistolet à eau en se tapant sur le ventre. Il lui lance, en pouffant : « C'est une blague ! C'est une blague ! » L'image hante Marie. Elle prend des somnifères, consulte un psy. Peu à peu, au fil des mois, le souvenir s'estompe, puis s'efface. Durant son repos forcé, elle part se ressourcer à La Rochelle, chez ses parents. Ils sont aux petits soins. Ils ont lu la presse. Ils se taisent. Ils n'ont jamais approuvé son choix d'entrer dans la police. Elle avait passé son adolescence à courir les régates sur toute la façade atlantique. C'était une fille du large, une solitaire. Selon eux, elle n'était faite ni pour la vie parisienne ni pour la fonction publique, avec sa hiérarchie pesante. Après avoir bouclé ses études de droit à Bordeaux, elle s'était accordé une année sabbatique pour voyager, découvrir le monde. Son périple l'avait conduite à Cuba, où elle était restée six mois, puis au Mexique, en Argentine et enfin au Chili. De retour à La Rochelle, elle avait eu la possibilité d'être embauchée comme conseiller juridique chez Geneviève Lethu. Elle aurait assouvi le rêve de son père : voir sa fille lui succéder dans l'entreprise d'art de la table où il avait passé vingt ans de sa vie, avant de prendre sa retraite. Marie avait d'autres projets. Elle se voyait magistrate, juge pour enfants. Elle échoua au concours d'entrée de l'école de la magistrature de Bordeaux. Elle fut repêchée chez les flics et choisit d'être intégrée à la brigade des mineurs. Elle aimait les gosses, les petites racailles, ceux et celles qu'on pouvait encore sortir de l'ornière avant le saut fatal dans la grande délinquance. Elle en sauva quelques-uns. Sous des allures de loubarde un peu anar, toujours vêtue de jeans et d'un blouson de cuir, Marie était une catholique pratiquante. Elle rendait régulièrement grâce à sainte Rita, la patronne des causes perdues. Ses collègues se moquaient gentiment d'elle, de sa bigoterie de provinciale. Ils lui trouvaient une vague ressemblance avec l'actrice Isabelle Huppert. Rousse, comme elle, la peau diaphane, affichant un détachement nonchalant. En vérité, Marie la lointaine cachait une volonté d'acier et une sensibilité exacerbée. Quitter La Rochelle n'avait pas été un crève-cœur. Elle n'avait jamais compris pourquoi cette ville fortifiée, austère, brouillardeuse, si anglaise dans l'âme, avait une réputation de cité fêtarde et délurée. Au fond, elle n'avait pratiqué la voile à haute dose que pour lui échapper.

Ses parents ne lui en veulent plus. Ses plaies se cicatrisent. Elle part faire de longues balades à vélo dans l'île de Ré, au petit matin. Elle aime traverser le pont géant qui relie l'île au continent quand l'océan est encore plat comme une limande, quand les voiliers glissent comme des fantômes sur la mer d'huile. Elle rentre le soir, tout éclaboussée des embruns des marais salants. Elle dort à nouveau. Elle rentre à Paris. Elle veut quitter la brigade des mineurs. Elle demande à être mutée à la Criminelle. Elle dit : « Une criminelle à la brigade criminelle, c'est logique, non ? » Elle ne parvient pas à oublier Stan, le petit con, et son index pointé vers elle. Elle rêve toujours du pistolet à eau. Elle a pleuré plusieurs fois dans les bras de Firmin, lui confessant son désespoir, son incapacité à surmonter ce drame. Elle a tué un gamin. Elle a beau rembobiner le film de cette soirée maudite, s'accorder des circonstances atténuantes, le lynchage qu'elle a subi, la peur de mourir, rien n'y fait. Marie ne parvient pas à se débarrasser de cette chose atroce qui lui colle à la peau : elle a ôté la vie.

Aujourd'hui, seule compte Lila. Elle est peut-être en danger de mort. Marie a comme une prémonition. Cette femme n'a plus que quelques heures à vivre, elle doit à tout prix la sauver. Quand elle lui a pris la main à la sortie de la PJ, Marie a senti Lila se livrer à elle telle une enfant abandonnée. Elle repense au témoignage de Georges Compliment. Il a voulu protéger Lila. Marie se surprend à penser qu'elle veut faire exactement la même chose. Mettre Lila sous sa protection, la sortir des griffes d'un Moloch revêtu du costume de l'homme des « services ». Jamais elle n'a eu autant besoin de l'aide de Firmin. Jamais elle ne l'aurait cru capable de réagir aussi brutalement. L'homme qui partage parfois ses nuits et qu'elle croyait aimer sans jamais le lui avouer la lâche en pleine tempête. Il se plie au bon vouloir de ses maîtres. Elle a envie de hurler, de le traiter de laquais, de fonctionnaire de préfecture, de lâche, de larbin, de misérable. Firmin Degas, le type qui tremble comme une feuille en faisant l'amour. Firmin Degas et sa manie de mettre la vie en équations, Firmin Degas brandit le « Secret défense » comme un petit bureaucrate, un flic de la Stasi. Une violente envie de vomir la saisit. Elle fixe longuement l'homme empêtré dans ses explications de bon petit soldat de la République. Elle ne l'entend plus. Elle le voit s'éloigner d'elle, emporté par le courant.

Marie se remémore soudain le dossier de la petite Julie Lebée, sa hargne à la retrouver, comme s'il s'était agi de sa propre enfant. Personne n'y croyait plus. Les parents eux-mêmes avaient abandonné la partie. Les journalistes les plus déterminés avaient fini par se lasser. Pas elle.

Elle quitte la brigade criminelle sans un regard pour Firmin, se rend chez le procureur dont le bureau est deux étages au-dessus. Ce dernier lui annonce, sur un ton de chanoine, qu'elle va être interrogée par deux hommes des « services ». Leur mission : tout savoir sur les derniers instants qu'elle a passés avec Lila. Ils l'attendent dans le bureau voisin. Bien entendu, leur conversation devra rester secrète. Elle se plie apparemment de bonne grâce à l'exercice, racontant froidement la scène de la poursuite rue de Lutèce, jusqu'à la bouche de métro. La dernière image de Lila, de dos, courant à perdre haleine, crinière noire flottant au-dessus du trench-coat blanc serré à la taille. Les deux hommes, sans doute des militaires, sont courtois et précis. Pas un battement de cils ne trahit leurs pensées. Caricatures d'agents de l'ombre, impénétrables, froids, méticuleux, sans états d'âme. Marie ne cherche pas à jouer les rebelles avec eux. Elle s'applique, elle aussi, à masquer ses sentiments, bien décidée à en finir au plus vite avec cette corvée. À la fin de l'interrogatoire, après les avoir salués, alors que les deux hommes sont sur le seuil de la porte, elle leur murmure, d'une voix à peine audible, comme si elle craignait que la pièce soit sur écoute : « Qui est Lila ? » Presque au garde-à-vous, ils répondent sur un ton de messagerie vocale : « Nous ne sommes pas habilités à vous répondre, madame. »

Elle n'attend pas une nouvelle explication avec Firmin. Elle quitte les locaux du « 36 », s'attarde quelques minutes sur les quais, scrute la foule, hésitant sur la marche à suivre. Puis elle saute dans une rame, direction Denfert-Rochereau. Elle se met dans la peau de Lila. À sa place, elle irait chez Georges. Il suffit de planquer devant la maison de la rue Michal pour la cueillir, ou plutôt la recueillir.

Le soir tombe à peine. Marie s'installe à l'angle de la rue, aux aguets. Elle aperçoit Georges qui sort de chez lui et s'apprête à l'aborder quand elle remarque un couple installé dans une voiture banalisée gris métallisé. Elle voit l'homme ranger précipitamment des jumelles. Elle fonce dans la direction de Georges. Ce dernier la salue, sans la moindre surprise. Il a même l'air heureux de la revoir. Marie n'a pas participé à son audition, elle l'a croisé dans les couloirs de la PJ, ils ont échangé quelques mots. Le courant est passé. Georges a l'intuition que Marie n'est pas une ennemie.

Ils s'installent à la terrasse des Cailloux, un restaurant de rue des Cinq-Diamants. Georges paraît reposé, serein. Pour la première fois, Marie l'observe non plus comme un suspect, mais comme un vieil ami qu'elle aurait perdu de vue. Derrière des traits alourdis par le goût de la bonne chère et des bons vins, elle découvre un visage incroyablement doux, des yeux d'enfant. Georges a les cheveux bruns, une barbe de trois jours. Il porte une veste en tweed, des boots de cuir beige. Il lui sourit avec bienveillance. Comment a-t-on pu voir en cet homme un geôlier impitoyable ? Dans sa carrière, elle a croisé des monstres se dissimulant derrière des mines de premiers communiants. Toujours, Marie finissait par entrevoir un point fixe, une raideur, au fond de la pupille. Avec Georges, rien de cela. Il est le seul, désormais, à pouvoir l'aider. Elle se jette à l'eau :

– Georges, je sais que vous avez vécu des moments difficiles ces derniers jours. Au nom de notre service, je vous présente mes excuses…

Vous n'allez peut-être pas me croire, mais je voudrais vous aider…

– Ce n'est pas moi qui ai besoin d'aide, chère madame.

– Oui, je sais, Lila était avec moi tout à l'heure. Elle était prête à me parler. Elle m'a dit qu'elle était piégée, qu'elle se confierait hors des locaux de la police. Et puis, elle s'est enfuie. Savez-vous pourquoi elle a peur ? Vous a-t-elle appelé durant la dernière heure ?

– Comme vous avez pu le constater, capitaine…

– Appelez-moi Marie, s'il vous plaît. Ici, je ne suis plus flic. Je suis en congé.

– Alors, Marie, poursuit Georges, comme vous l'avez remarqué, mon domicile, enfin celui de mon oncle, est l'objet d'une attention très soutenue… Je subodore que mon téléphone est lui-même particulièrement surveillé…

– Illégalement.

– Peut-être… Tout cela pour vous dire que Lila ne m'a pas appelé, elle savait que je serais sur écoute dès qu'elle serait repérée.

– Vous a-t-elle révélé sa véritable identité ?

– C'est une question délicate. J'avoue que, parfois, je m'y perds un peu. Lila est une personne aux mille visages.

– Oui, j'ai lu vos cahiers. C'est impressionnant. Vous avez tous les deux une imagination débordante. Mais aujourd'hui, ce n'est plus un jeu.

– Cela n'a jamais été un jeu. Nous nous sommes découvert une passion commune pour les belles histoires. Vous connaissez quelque chose de mieux pour vous évader et vivre des moments d'exaltation ?

– Non, je vous l'accorde. Mais vous savez que les deux agents qui sont dans la voiture grise devant chez vous ne sont pas des héros de roman. Ils sont en chair et en os. Que vous veulent-ils ?

– À moi, rien. Ils font comme vous. Ils attendent Lila. Je peux vous dire qu'ils perdent leur temps. Elle ne viendra pas.

– Qu'en savez-vous ?

– Je la connais un peu. Je crois même être une des personnes qui la connaissent le mieux.

– Savez-vous pourquoi on la cherche ?

– Et vous ?

– Je sais seulement qu'on nous a retiré le dossier, que votre affaire est classée « Secret défense » et qu'on nous demande de tout oublier. En gros, tout cela n'a jamais existé. Lila n'est qu'un produit de notre imagination.

– C'est peut-être mieux ainsi.

– Pourquoi dites-vous cela ?

– Lila n'a pas envie d'apparaître en pleine lumière.

– Elle vous l'a dit ?

– Non, c'est une intuition.

– Georges, que dit votre intuition en ce qui me concerne ? Comment dois-je faire pour retrouver Lila ?

– Elle me dit que je ne peux pas, malheureusement, vous apporter le moindre concours, que je ressens tout à coup une grande fatigue et que vous feriez mieux de rentrer chez vous.

– Vous êtes sûr de n'avoir rien à me dire ? Si vous voulez aider Lila, il faut me faire confiance. Vous a-t-elle révélé quand et dans quel établissement elle a été opérée du dos ? Pour elle, ce fut une épreuve. Elle l'a forcément évoquée avec vous.

– Sincèrement, Marie, je ne veux pas me mêler de ce qui ne me regarde pas, mais vous paraissez tendue et épuisée. Vous devriez aller vous reposer. Où habitez-vous ?

– Rue de Bièvre, dans le 5e arrondissement.

– Quel numéro ?

– Au 17. Pourquoi ?

– Si j'ai quoi que ce soit de nouveau, je vous promets de vous joindre.

Georges Compliment se déploie avec la lourdeur d'un pélican et se dirige vers la rue Michal. Marie observe sa longue silhouette fondue dans le crépuscule. Elle enrage. Georges ne lui a rien lâché. Pourtant, il sait où se trouve Lila. Elle est soudain envahie d'une grande lassitude. Elle rentre chez elle, dents et lèvres serrées. Une vague de chagrin la submerge. Elle fouille son sac à la recherche de ses clés. À tâtons, elle sort le livre *Diego et Frida*, s'attarde sur la couverture. Le couple mexicain encadre une poupée géante de carton, une *piñata* représentant un diable jovial et bienveillant. Elle finit par dénicher ses clés, ouvre une première porte, puis pianote son code pour en franchir une deuxième. Devant chez elle, sur la première marche de l'escalier conduisant à l'étage supérieur, elle devine une ombre assise. La silhouette se lève brusquement. C'est Lila qui l'attendait, tapie et silencieuse. Marie a failli crier. Lila lui fait signe de se taire. Marie la fait entrer, l'installe dans le salon, encore sous le coup de la surprise. Elle s'absente un instant pour se servir une bière fraîche et récupérer un bloc-notes et un feutre noir, pour Lila. Elle revient dans le salon et glisse le bloc entre les mains de son invitée.

– Lila, pourquoi avez-vous fui tout à l'heure ?

La jeune femme réfléchit, s'empare du stylo, écrit un début de réponse, s'interrompt, puis plonge ses yeux verts dans ceux de Marie. Ses lèvres se mettent soudain en mouvement. Elle murmure dans un souffle :

– Je ne m'appelle pas Lila. Je m'appelle France.

Il connaît cette lueur. Cet éclat particulier, ce miroitement triste de l'iris, déjà nostalgique, qu'on voit dans les yeux de la femme qui s'en va. Le corps qui ne vibre plus, la fin des effleurements, l'érosion de l'amour. Il a déjà vécu cette lente dérive des continents, quand les mots deviennent inutiles, quand aucun geste ne peut plus éviter le désastre et la perte. Firmin Degas a capté la fatale lumière grise dans le regard de Marie. Sans réagir. Tenu par le devoir de réserve. Il ne pouvait lui révéler qu'il n'avait pas abandonné la partie. Au contraire. Il n'est pas le lâche qu'elle croit. Quand il a appris que l'affaire Compliment lui était retirée, il a décidé de conserver une pièce du dossier : la radiographie de la colonne vertébrale de

Lila. Il a consulté plusieurs chirurgiens du dos, dans l'espoir de trouver où Lila a été opérée. Aucun d'eux, ces dernières années, n'a eu affaire à une jeune femme brune aux yeux noirs, touchée aux lombaires, d'environ vingt ans. Firmin Degas a aussi fouillé le passé de Georges Compliment, pris contact avec un vieux copain d'université, spécialiste du décryptage informatique, travaillant à l'occasion pour les services de renseignement. En vain. Il a cru un moment que l'affaire était liée à l'oncle Édouard. Le céréalier en retraite serait-il un agent français récupéré par les Cubains ? Ce retour de La Havane sans cesse annoncé, toujours différé, est bien étrange. Firmin s'apprête à lancer une petite enquête sur le propriétaire de la rue Michal, quand il reçoit un coup de téléphone. Une femme nommée Marta dit avoir lu dans *Le Parisien* une brève concernant une jeune fille séquestrée pendant un an dans une maison du 13ᵉ arrondissement. Selon le communiqué, elle appartiendrait à un réseau de prostitution d'Europe de l'Est. L'article précise que la victime est gravement blessée au dos et que l'affaire a été confiée à Firmin Degas. La dénommée Marta voudrait parler au responsable de l'enquête, mais surtout pas dans les locaux de la PJ. Elle lui donne rendez-vous dans une brasserie de la gare Montparnasse. Firmin est près de la rabrouer et de lui raccrocher au nez, persuadé qu'il a affaire à une mythomane, comme c'est le cas neuf fois sur dix dans ce genre d'appel. Mais il n'a rien à perdre. Il n'a aucune piste sérieuse. Il s'engouffre dans le métro jusqu'à Montparnasse.

Elle s'appelle Marta Lozano. Elle lui raconte leur histoire, à Lila et elle. Lila cloîtrée sous les toits de la clinique Sainte-Thérèse. Lila et ses cahiers. Lila et la mésange bleue. Lila et ses rêves d'espace. Lila entre les murs. Lila qui voulait mourir, chaque jour. Et puis leur coup de folie, l'évasion. Marta complice, licenciée le jour même, cuisinée par des hommes au regard métallique dans une maison de banlieue. On lui a intimé l'ordre de se taire. On les a menacés d'expulsion, elle et ses deux fils. Elle est rentrée chez elle, terrifiée par le geste qu'elle a commis. Où sa protégée s'est-elle enfuie ? Elle a rêvé d'un voyage lointain. Elle a imaginé Lila au bord de la mer, quelque part du côté de Cartagena. Son amie perdue vivait comme une sauvageonne dans une cabane, bercée par les alizés. Elle ramassait des coquillages. Elle pêchait des oursins. « Elle est faite pour vivre au grand air », dit Marta.

Marta Lozano bute sur les mots, avec cet accent traînant typique de la cordillère des Andes. Elle ne connaît pas l'identité réelle de Lila. Elle a croisé sa mère à plusieurs reprises. C'est une femme hautaine et froide, d'une cinquantaine d'années, très élégante, dans le style des années cinquante. Elle ajoute que les hommes qui l'ont interrogée longuement continuent de lui rendre visite, à son domicile, dans la banlieue sud, à peu près tous les mois, pour la questionner et s'assurer de son silence. Elle a l'impression d'être suivie en permanence. Elle a fui son pays pour échapper aux griffes de la guérilla ou des narcotrafiquants. Ses fils, jure-t-elle, ne seront pas recrutés, comme tant d'autres jeunes paysans, par les milices, qu'elles soient d'extrême gauche ou d'extrême droite. Toutes ses économies ont servi à payer le voyage. Elle n'a pas de permis de séjour. Elle raconte à Firmin son arrivée en France. Elle a commencé à faire des ménages dans un hôpital, puis a dégotté ce poste particulier à la clinique Sainte-Thérèse après plusieurs entretiens d'embauche. Elle devait suivre une « malade spéciale », une schizophrène dangereuse qu'il fallait tenir à l'écart des autres patients. En échange de sa discrétion, Marta a obtenu sa carte de séjour. Aujourd'hui, elle se retrouve traquée en terre lointaine, sous haute surveillance. Sa carte expire dans les quinze jours. Elle est sûre qu'on ne la lui renouvellera pas. Elle est désespérée et ne désire qu'une chose : revoir Lila une dernière fois avant de s'envoler pour Bogotá.

Firmin exulte, tel un gagnant du Loto. Marta Lozano est une bénédiction. Grâce à elle, les pièces du puzzle sont pratiquement assemblées. Quel haut personnage de l'État peut-il se permettre de retirer une affaire à la brigade criminelle, en pleine procédure, sans que le moindre magistrat ne proteste ? Qui, en France, peut peser sur l'autorité judiciaire de cette manière, si ce n'est le plus haut personnage de l'État ? Quel rapport entre Lila et lui ? Détient-elle de lourds secrets propres à le faire chanter ? Il y a une autre piste, bien sûr. Firmin a eu vent de la rumeur d'une fille illégitime, mais il n'a jamais porté d'intérêt à ce genre de ragot. Il a une aversion profonde pour la presse à scandales. À plusieurs reprises, il a tempêté contre Marie qu'il a surprise à lire des tabloïds. Elle se délecte des tribulations amoureuses des stars. Marie revendique sa part de frivolité. Le malheur des gens célèbres la ravigote. Firmin, lui, ne voit dans ces « reportages » qu'indécence, voyeurisme et hypocrisie. Elle l'a appelé James Pudi-Bond, l'a traité de crapaud de bénitier. « C'est du deuxième degré, idiot, a-t-elle lancé, moqueuse. C'est notre face obscure vue comme du théâtre de boulevard. » Il a marmonné : « C'est de la presse de caniveau, tu as le droit d'aimer ça, mais, s'il te plaît, ne va pas chercher Feydeau pour te défendre », puis s'est plongé dans la lecture de *Sciences et Avenir*. Elle s'est glissée derrière lui, lui a caressé la nuque en lui soufflant à l'oreille des mots tendres. Oublier Marie.

Firmin s'attarde un instant sur le visage de Marta. Ses traits sont ronds et doux ; son regard, un peu enfantin, empreint de bonté. Cette femme porte la miséricorde en elle. Il est convaincu qu'elle a dit la vérité. Il tente un raisonnement par l'absurde : si Lila n'est pas la fille du plus haut personnage de l'État, qui est-elle ? Il échafaude d'autres scénarios. En vain. Aucun ne tient. Il prend les coordonnées de la jeune Colombienne, lui promet de l'aider à obtenir une nouvelle carte de séjour. Elle ne doit évoquer leur rencontre avec personne, surtout pas avec les hommes des services. Il jette un œil autour de lui, dans la brasserie : nul ne semble les observer. Il prie encore Marta de ne lui téléphoner que depuis une cabine publique.

Il brûle d'envie d'appeler Marie pour lui raconter sa rencontre avec l'infirmière de Lila, lui dire qu'il est à ses côtés, peut-être même lui glisser qu'il l'aime comme un fou, qu'il est prêt à lui acheter tous les tabloïds de la Terre, de Tananarive à Vancouver ; qu'il faut à tout prix qu'elle vienne déguster des endives au vin rouge avec lui ; qu'il peut écouter autre chose que Bartok ou Bach, Marvin Gaye, par exemple, l'idole de Marie, ou même des chanteurs français qu'elle met à fond, le dimanche matin, quand ils paressent au lit. Pourquoi n'a-t-il pas compris plus tôt que cette femme lui est indispensable ? Il compose le numéro de mobile de Marie puis coupe la communication. Les grandes déclarations attendront. Pour le moment, il faut protéger Marie, ne pas l'impliquer. L'affaire de Nanterre plane encore au-dessus d'elle. Le procureur a été plus que menaçant. Le policier se concentre sur Lila. Il imagine la panique des services chargés de la surveiller depuis l'enfance au moment de sa disparition. Le dilemme pour le père qui a sacrifié sa vie personnelle au pouvoir. Un an sans la moindre nouvelle de sa fille. Un an à traquer une ombre. Combien de nuits chargées d'angoisse, de doute, de culpabilité, pour ces parents, amants clandestins, prisonniers, eux aussi, de la raison d'État ? Pendant qu'une poignée d'hommes de confiance s'arrachaient les cheveux pour la retrouver, la fille secrète, elle, se prenait pour Frida Khalo chez un encadreur de tableaux. Firmin a parcouru ses cahiers avec une avidité fiévreuse. Mille pages sans début ni fin. Les délires romanesques de Lila sont confus et flamboyants. Le policier a lu et relu le passage, dans le cahier n° 22, où un flic mexicain qui suit des cours de philosophie à l'université est enlevé par une bande d'enfants des rues qui le nourrissent de bonbons à la réglisse. Les gamins réclament un million de dollars pour sa libération. L'otage, enfermé dans une cave infestée de cafards, attaché en permanence à un lit rouillé, se prend d'affection pour ses geôliers imberbes et illettrés. Gagné par le syndrome de Stockholm, il finit par les soutenir dans leur combat pour la redistribution des richesses. Il a été aussi surpris par l'écriture de Georges, épurée, presque sèche. Il a aimé le passage dans lequel Georges raconte une idylle impossible entre une jeune étudiante bordelaise et un vieux professeur de droit. Le couple improbable a un point commun : elle et lui adorent le chanteur folk américain des années soixante-dix Neil Young. Ils vivent leur passion dans une chambre d'hôtel du quartier Saint-Pierre, dans le vieux Bordeaux, se passent *Old Man* après chaque étreinte pour ne jamais oublier que leur histoire n'a pas d'avenir. La lucidité des deux amants a bouleversé Firmin. Pourquoi ne voit-il toujours que le côté tragique de l'amour ? Il repense à Marie. Où est-elle en ce moment ? Il l'imagine endormie dans son appartement de la rue de Bièvre, allongée sous sa couette sentant le musc et la lavande, ses épaules fines se soulevant au rythme de sa respiration, la constellation de taches de rousseur sur sa peau blanche, ses jambes chaudes et délicates.

Firmin est traversé par une onde de froid. Il frissonne. Il se concentre à nouveau sur Georges et Lila. Ils ont cohabité un an dans le même lieu, partagé leurs repas, lu les mêmes livres. Les premiers jours, il l'a soignée, cajolée, quand elle était pareille à un oiseau tombé du nid, meurtrie, apeurée, désemparée. Ils ont ri, pleuré, avec une complicité rare. Ils ont menti, aussi. Beaucoup. Une foule de questions se bousculent dans l'esprit du policier. À qui le procureur a-t-il restitué les vingt-deux cahiers à spirale ? Au Président ? Qu'en fera-t-il ? Osera-t-il les détruire ou les restituera-t-il à sa fille ? Parviendra-t-il à étouffer le scandale ?

Et, lui, Firmin Degas, l'as de la Criminelle, pris dans les filets d'une affaire classée « Secret défense » qu'il suit désormais en franc-tireur, que veut-il vraiment ? Que la vérité éclate au grand jour ? Que Lila soit débarrassée des gardes du corps, des infirmières et des psys qui la cernent depuis des années ? Au fond, pense le policier, l'homme qui a séquestré Lila, c'est le Président lui-même. Il est le seul coupable. Mais qui peut sanctionner une faute morale ? se demande-t-il dans un soupir. Protéger Marie...

Tard dans la soirée, il retourne au « 36 ». Il aime venir sur son lieu de travail la nuit, quand les bureaux sont déserts. Seuls quelques fonctionnaires de permanence, somnolents et silencieux, attendent le petit jour pour rentrer chez eux. Il s'installe à son bureau, branche son baladeur. Il choisit le quatuor en *la* mineur de Schubert, interprété par les Irlandais Vanbrugh. Une berceuse céleste, à la limite de l'oraison funèbre, syncopée comme un morceau de jazz. Grâce à Lila et Georges, à Frida et Diego, il a compris une évidence : il n'y a pas d'amour sans douleur, sans don de soi. Et, par-dessus tout, il n'y a pas d'amour sans mots. La parole est au cœur du mystère du désir. Il tente depuis si longtemps de dissimuler sa fragilité dans les non-dits, lui dont le métier est de faire parler les autres. En écoutant Bach ou Schubert, il pensait neutraliser ses démons. Seule Marie est entrée dans cette béance. Elle seule sait le consoler d'une douleur qu'il est incapable de nommer. Il suffit qu'elle pose sa main sur sa nuque, et les matins prennent des couleurs dorées. Avant elle, il n'avait jamais pu finir une nuit hors de chez lui ni se réveiller dans un autre lit que le sien. Il avait le complexe de l'intrus. À la brigade criminelle, il pouvait dissimuler sa détresse derrière des vaincus de la vie bien plus mal en point que lui ; échapper à lui-même dans les visites à la morgue, les traques nocturnes, les interrogatoires des meurtriers. Il aime le passage aux aveux, cet instant où les tueurs, les manipulateurs, les étrangleurs, les empoisonneuses, les pères incestueux, les violeurs en série vident leur sac, larguent les amarres, se délestent du poids du péché. Leur regard s'éclaire. Leur âme d'enfant réapparaît sur leur visage apaisé. Ils sont innocents à nouveau. Rien de mal ne s'est produit. Tout cela n'était qu'un mauvais rêve. J'avoue. J'avoue tout. Oui, c'est moi. Je suis coupable. Moi, Firmin Degas. Je suis un assassin des sentiments. J'en crève. Qu'est-ce que j'attends pour tout avouer à Marie, lui confesser ma très grande faute, au nom du père, du fils et du Saint-Esprit ? Le pire des crimes : être incapable d'aimer.

Le policier se penche lentement, ouvre le tiroir inférieur de son bureau, s'empare d'une enveloppe en papier kraft. Il en extirpe une photo. On y voit deux hommes d'une trentaine d'années, bras dessus bras dessous. Son père, Jean Degas, pose à côté de son frère cadet, Germain. Ils sont resplendissants, deux jeunes hommes respirant la joie et l'amour de la vie. Le cliché a été pris durant l'été au bord d'une rivière aux eaux tumultueuses, sans doute dans les Pyrénées. Le policier fixe longuement cet oncle qu'il n'a pas connu. Il a quelque chose de James Dean, une lueur de défi dans les yeux, des traits encore adolescents et une fine moustache blonde. Oncle Germain est un inconnu pour Firmin. Et pourtant, il a joué un rôle considérable dans sa vie. Un fantôme encore en activité. Firmin ferme les yeux pour mieux retrouver la vallée d'Ossau, chez ses grands-parents. Les baignades dans les torrents glacés. Les après-midi avec les bergers, sur les terres de la famille Laborde Boy, les grands propriétaires de la région. Et puis, un jour, les gendarmes étaient venus chercher le père de Firmin. On le soupçonnait d'avoir tué Germain. Toute la famille était contre lui. On racontait que les deux hommes s'étaient disputés alors qu'ils se rendaient en voiture à Oloron. Jean aurait jeté Germain hors du véhicule en marche. Malgré ces accusations, le père de Firmin avait été relâché après deux jours de garde à vue. Sa thèse avait convaincu les enquêteurs. Selon lui, Germain avait passé la matinée dans les bars d'Oloron. Il était ivre sur le chemin du retour. Jean avait reproché à son frère ses beuveries incessantes, son inactivité et sa lâcheté. À ce dernier mot, Germain avait hurlé : « Tu veux voir si je suis lâche ? » Il avait ouvert la portière et s'était jeté sur la route. Ils étaient dans une ligne droite. À grande vitesse. La tête de Germain avait heurté le bitume. Il était mort sur le coup. Les gendarmes avaient cru mon père. Mais la famille campait sur ses positions : Jean avait tué son jeune frère par jalousie. Les conséquences de ce drame familial ? Un grand trou noir. Firmin n'a pu en apprendre davantage. Son père n'a jamais évoqué l'accident devant lui. Interdit d'enterrement, il n'a plus revu sa famille et a quitté le pays. Firmin n'a plus remis les pieds dans la vallée d'Ossau. Ses racines pyrénéennes ont été arrachées comme de la mauvaise herbe. Il avait huit ans. Depuis, Jean vécut avec cette blessure.

Firmin revoit un instant son père jeune, insouciant, et soudain privé des siens, enlevé à sa terre natale, mis au pilori par ses propres parents. Jean, maudit pour une faute qu'il n'a pas commise. Cette douleur insondable, il l'a transmise à sa descendance à force de dissimulation.

Le quatuor à cordes de Schubert vient de s'achever. Firmin pense à Georges Compliment, à son obsession de la malédiction familiale. Il ressent soudain une vive affection pour ce petit encadreur de tableaux qu'il a pris un moment pour un pervers. Peut-être lui rendra-t-il une nouvelle visite, officieuse, cette fois. Demain à l'aube. Il faut d'abord parler à Marie, tout lui expliquer. Il l'appelle sur son portable à plusieurs reprises. Sans résultat. Il est deux heures du matin. Marie doit dormir d'un sommeil profond. Elle dort en chien de fusil. Il se souvient : la nuit, s'il rentrait après elle, il aimait se lover dans son dos, glisser sa main entre ses cuisses, rester ainsi sans bouger à attendre que l'obscurité s'empare de lui. Aujourd'hui, il ne peut plus débarquer chez elle sans prévenir. Il n'a plus les clés. Il hésite : peut-il sonner à sa porte malgré leur violente dispute ?

Au début, sa voix est grinçante comme un disque rayé. À peine audible. Elle semble venir du fond d'un cachot, tentant de se frayer un chemin vers la lumière du jour. Les phrases jaillissent, mal assurées, en désordre, bancales. La policière n'ose pas l'interrompre. Doit-elle l'appeler France ou Lila ? Elle opte pour Lila. Elle a la sensation d'assister à une naissance. Mieux, Marie aide un enfant à venir au monde. Une lame de bonheur lui traverse le corps. Peu à peu, Lila retrouve un timbre de voix audible, chaud et aigu, pareil au son d'une flûte. Elle parle, non pas de son année chez Georges, mais de son mutisme. Elle dit que la policière doit savoir pourquoi elle seule a pu lui rendre la parole. Selon les neurologues et les psychiatres qui l'ont suivie, explique-t-elle, elle a perdu sa voix après sa tentative de suicide. En fait, elle avait ressenti les premiers symptômes, à de nombreuses reprises, au cours des années précédentes. Son larynx se bloquait en cas d'émotions fortes. Sa mère, affolée, l'avait confiée aux meilleurs orthophonistes. Tous avaient conclu que la jeune fille était seule maîtresse de ses cordes vocales. Lila avait la clé des sons. Curieusement, elle s'est mise à s'intéresser de près à l'activité du larynx, cet instrument à vent de forme cylindrique qui protège nos cordes vocales et les fait vibrer par la glotte, grâce à l'air expiré des poumons. Elle voulait comprendre la machine à produire des sons et pourquoi la sienne était en panne. Elle a lu des manuels spécialisés, découvert sur des radiographies que la glotte ressemble à un sexe féminin, comportant deux lèvres rouges en forme d'amande. Ainsi, l'organe central de la voix est une réplique parfaite de l'épicentre du plaisir de la femme. Cette similitude l'a bouleversée. Depuis qu'elle était muette, son désir s'était évaporé. Pas une fois elle n'avait cherché le contact d'un homme, ni ne s'était caressée. Elle a élaboré une théorie selon laquelle la source du désir féminin ne se situait pas entre les jambes, mais au fond de la gorge.

Marie est un peu interloquée. Lila lui assène un cours magistral sur les mystères de l'appareil laryngé et ses rapports complexes à la libido. Cette fille est impayable. Elle disserte maintenant comme un professeur d'université, passionné et intarissable. Lila précise d'un ton docte qu'elle a beaucoup écrit sur ce thème à la clinique Sainte-Thérèse. Elle s'était procuré le film d'Ingmar Bergman, *Persona*, avec Bibi Andersson et Liv Ullmann, grâce auquel cette dernière avait accédé à la gloire en jouant le rôle d'une actrice réfugiée dans le mutisme. Elisabet, l'héroïne, ne parle jamais, à l'exception du mot « rien » qu'elle prononce une fois. Elle écrit dans son journal intime : « J'ai découvert que chaque inflexion de ma voix, chaque mot dans ma bouche était un mensonge (...). Il n'y avait qu'une façon de se soustraire au désespoir et à l'effondrement. Se taire. Chercher à se taire. Chercher à parvenir, derrière le silence, à la clarté ou, du moins, à rassembler les ressources dont je peux encore disposer. » À la clinique Sainte-Thérèse, Lila se repassait ce film sombre et lumineux, hypnotique et sensuel. Il agissait sur elle comme un bain chaud. Il la régénérait. Elle était incapable de dire pourquoi. Sans doute ces deux femmes, finissant par être si proches qu'elles entrent en fusion l'une avec l'autre, l'avaient-elles sortie de sa solitude. Fusion et confusion. C'est ce que Lila éprouve avec Marie. Celle-ci lui a raconté son accident, le corset, la solitude. Le jour de son évasion, dans la précipitation, elle n'a pu emporter ses carnets de notes. Heureusement, Marta avait déposé *Lullaby* au fond de son sac. Qui est Marta ? C'est elle, la mésange bleue, sa libératrice, qui lui a permis de s'envoler. Elle poursuit :

– J'étais atteinte par ce qu'on appelle un mutisme hystérique. Il a été complet après ma chute, mais j'avais toujours une boule dans la gorge. Moi, je ne vivais pas le silence comme une maladie ou un handicap. Ma mère pensait que je me vengeais d'elle, que j'étais une petite fille perturbée et perverse. D'autant plus que je lisais tout ce que je trouvais sur le mutisme, depuis Charcot jusqu'aux grands spécialistes anglo-saxons contemporains. À une époque, on soignait les gens comme moi par des électrochocs, avec un instrument qui s'appelait la pile de Volta. Les toubibs allaient jusqu'à envoyer quatre cents secousses électriques aux patients pour leur faire cracher un son. Les femmes atteintes de ce mal avaient généralement subi des traumatismes terribles, viols, agressions, perte d'un enfant dans des conditions épouvantables, comme les incendies, les noyades. Moi, je n'avais rien subi de tel. J'étais au contraire une enfant gâtée qui vivait dans des conditions plus que confortables. Même trop confortables.

– Pourquoi dites-vous cela ? interroge Marie.

– Je vous l'expliquerai. Vous savez, c'est une délivrance d'être parvenue à vous parler. Cela fait deux ans que je suis sans voix. J'essaye de comprendre ce qui s'est passé. Aucun médecin ne me faisait avancer. Certains prétendaient qu'il fallait attendre un nouveau choc émotionnel. Je me suis alors intéressée aux enfants, ceux qu'on appelle les mutiques sélectifs. Des gosses qui deviennent muets seulement dans des lieux sociaux où ils ressentent une trop forte anxiété, à l'école, au centre de loisirs, dans la rue, chez eux quand il y a trop de monde. Ils sont en apparence normaux. Ils ne développent aucun symptôme de dérangement nerveux ou de retard dans le développement intellectuel. Ils sont même souriants, voire joyeux. Ils sont simplement ultrasensibles. Des spécialistes disent qu'ils veulent devenir invisibles. C'est bien ce que j'ai ressenti, moi aussi. J'avais envie de devenir invisible. J'étais déjà une jeune fille, et pourtant je me suis sentie proche de ces enfants.

Marie écoute, éberluée et fascinée, cette femme recherchée par les services secrets développer une approche thérapeutique des enfants mutiques. Elle connaît ces théories. Elle a elle-même eu à connaître des cas semblables à la brigade des mineurs. Généralement, les psychiatres dépêchés auprès des tribunaux les considéraient tous comme des simulateurs. Lila poursuit son exposé avec le ton d'une spécialiste invitée à un symposium sur les névroses féminines.

– Je suis entrée en contact, par Internet, avec une association de parents d'enfants atteints de ce dysfonctionnement, « Ouvrir la voix ». J'ai correspondu un temps avec eux, par courrier électronique. Chaque cas était singulier. Et, en même temps, tous les enfants avaient un point commun : ils étaient, sans exception, d'une créativité débordante. Ils dessinaient, peignaient, sculptaient, avec une dextérité et une inventivité hors du commun. Bien que beaucoup plus âgée, je me retrouvais totalement en eux. Le mur de silence que j'avais érigé autour de moi était comme un atelier d'artiste cerné de barbelés, un bunker qui m'isolait pour me permettre de faire ce que j'avais en tête, sans souci des autres. J'ai compris que je ne cherchais pas à régler des comptes avec mes parents, contrairement à ce que professent la majorité des thérapeutes. Je ne me sentais plus seule. Ce fut un moment de grand soulagement. J'ai commencé à écrire de manière régulière. Dix heures par jour. Au début, je jetais tout en vrac sur le papier. J'agissais de manière compulsive et dans l'exaspération. C'était une forme d'écriture automatique. Vous connaissez Tristan Tzara ?

– Le père de Dada, oui.

– Vous avez lu *L'Homme approximatif* ?

– Non, pas vraiment, juste quelques poèmes au lycée.

– Mon père me l'a fait découvrir. Son message est assez sommaire, au fond. Il dit que nous sommes tous des êtres approximatifs, inachevés. C'est ce que j'ai compris en commençant à écrire. Nous sommes en miettes. Nous passons notre vie à tenter de nous rassembler. Quand on a compris cela, tout devient plus simple. Cela vous conduit vers une forme d'humilité.

– Le métier de flic aussi.

– Je suppose, oui... peut-être. Enfin, je ne sais pas. Pour revenir aux enfants mutiques, leur hypersensibilité les oblige à installer autour d'eux ce que le thérapeute anglais Michael Jones nomme une « zone de confort », un espace où ils se sentent en sécurité. Nous avons tous besoin, enfants, de cette paroi invisible. Finalement, tout bien réfléchi, les adultes aussi.

Où Lila veut-elle en venir ? Marie lui sert une tasse de thé, dépose une poignée de biscuits dans une assiette qu'elle lui tend. Lila semble soudain très fatiguée. Sa peau s'est colorée d'une curieuse teinte de plâtre gris. Marie ne veut pas qu'elle s'endorme. Il faut poursuivre la conversation, avant le lever du jour.

– Cela ne me dit pas qui vous êtes ni où vous étiez avant de rencontrer Georges Compliment, relance la policière.

– J'y viens, soupire Lila. Quand je me suis échappée de la clinique, je ne savais où aller. J'ai croisé Georges et compris qu'il faisait partie de la catégorie des hypersensibles. En quelques minutes, j'ai eu l'intuition qu'il s'était lui aussi construit un périmètre de protection.

– Vous parlez comme quelqu'un qui sort d'une secte et qui reconnaît un autre adepte, lâche Marie, soudain excédée par les circonlocutions de Lila. Dites-moi qui vous êtes et ce que vous voulez de moi. Tout à l'heure, vous vous êtes enfuie quand vous avez aperçu la voiture officielle devant la PJ, et vous débarquez chez moi. Pourquoi ? Il faut que vous sachiez que je suis déchargée de votre affaire et qu'elle est classée « Secret défense ». Tout ce qui s'est passé à la PJ n'a jamais existé. Il n'y a plus une trace de votre passage chez nous, vous comprenez ? Officiellement, je ne vous connais pas.

– Oui, évidemment. C'est logique.

– Mais qu'est-ce qui est logique ? s'emporte Marie. Arrêtez avec vos mystères ! J'ai besoin de précisions, si vous voulez que je vous aide.

– Désolée, Marie, pour ce préambule un peu long, mais il fallait que je vous explique mon état d'esprit avant de vous dire toute la vérité. Quand vous m'avez interrogée dans les locaux de la police, j'ai compris que vous n'étiez pas une policière ordinaire. Les hypersensibles reconnaissent leurs semblables. Quand vous avez évoqué Frida Khalo, j'ai su que je pouvais vous faire confiance, même si j'ai bien senti que vous n'étiez pas très sincère avec votre histoire d'accident de hand-ball. Ce n'est pas la vérité qui compte, c'est la manière de la transfigurer. Vous connaissez la théorie du mentir vrai de Louis Aragon ?

– Désolée, répond Marie, agacée, j'ai fait des études de droit…

– Oui, bien sûr, pardonnez-moi. Le mentir vrai, c'est l'idée qu'un mensonge qui rend la réalité plus belle, plus sensible, n'est pas un péché mais une bonne action. Enfin, c'est comme ça que je le vois. Avec Georges, nous avons joué au mentir vrai. Je n'ai jamais connu de moments plus forts dans mon existence. Il m'a ouvert des portes et je sais aujourd'hui quelle est ma voie... Je vais transmettre cette joie, je vais écrire.

Marie n'écoute plus Lila. Elle pense à sa vie bousillée à cause du simple doigt d'un gamin de quinze ans, un index pointé sur elle. Elle veut hurler à Lila que le monde réel n'est pas un roman, que les élucubrations contenues dans les cahiers à spirale saisis rue Michal ne sont qu'une forme de thérapie sauvage, rien de plus. Pas de quoi se lancer dans la littérature.

La pénombre envahit le salon de Marie. En soulevant les persiennes, elle aperçoit les lumières bleutées des bateaux-mouches sur la Seine. Il est trois heures du matin. Les deux femmes n'ont pas sommeil. Marie propose encore du thé et des gâteaux au miel. Lila, cette fois, se jette sur la nourriture et dévore toutes les pâtisseries. Marie ne comprend pas comment une fille aussi cultivée et raffinée peut se comporter comme un animal. Une fois rassasiée, Lila confie à Marie qu'elle veut retrouver Georges Compliment, qui est sans doute surveillé par les « hommes du Périmètre ». Auparavant, il faut prendre des décisions pour les heures à venir. Marie jette un œil sur sa montre. Il est près trois heures et demie du matin. Le temps s'effiloche comme une guenille. Marie ne peut plus attendre. Lila ne mesure pas la gravité de la situation. Son existence en vase clos l'a éloignée du monde des horloges et des réveille-matin. La policière décide d'être plus directive.

– Maintenant, cessez de jouer à cache-cache avec moi, s'insurge-t-elle. Dites-moi qui vous pourchasse. De qui avez-vous si peur ?

Lila tente d'ouvrir la bouche. Subitement, plus aucun son ne sort d'elle. Marie entend un souffle rauque, comme un appel à l'aide. Elle est terrifiée par la transformation physique de la jeune femme. Les yeux exorbités, le teint cireux, elle se tient la gorge avec ses deux mains, comme si elle étouffait. Sa langue, sortie de la bouche, démesurée, gigote comme un poisson hors de l'eau. Marie court à la salle de bains, fouille dans la boîte à pharmacie, opte pour un tranquillisant, un générique du Valium, et lui en fait avaler deux comprimés. Elle l'allonge sur son lit. La jeune femme est saisie de tremblements. Marie croit un moment à une crise d'épilepsie, mais Lila ne bave pas. Au bout de quelques minutes, le médicament fait son effet. Elle retrouve une respiration normale. Son visage reprend une couleur rose laiteux. Elle dort. Marie s'allonge à côté d'elle.

À cet instant, la sonnerie de l'entrée retentit. Marie se lève lentement et se dirige vers la fenêtre sans se montrer. Elle aperçoit Firmin et reste figée, dissimulée derrière les persiennes. Le policier insiste. Marie ne bronche pas, retenant son souffle. Il attend en faisant les cent pas, tente de la joindre sur son mobile. Elle ne décroche pas. Au bout de vingt bonnes minutes, il finit par se lasser et quitte les lieux. Marie récupère son téléphone portable et écoute sa messagerie. Firmin a laissé un message :

« Je sais que tu es là. Je t'en supplie, ouvre-moi. Je sais qui est Lila. J'ai rencontré une femme qui s'appelle Marta qui m'a raconté qu'elle est sortie l'an dernier d'une clinique où elle était soignée sous un faux nom, Lila Tristan. Marie, si tu veux encore aider cette femme avant que les petits hommes gris ne la reprennent, il faut que tu me fasses confiance. »

Marie entend le clic de fin de communication. Elle va voir Lila dans sa chambre. Celle-ci dort à poings fermés. Elle rappelle Firmin.

À peine entré dans l'appartement, il l'étreint avec une rage de condamné gracié in extremis. Il la soulève du sol tout en lui dévorant le cou de baisers. Il lui dit à l'infini : « Toi, toi, toi, toi… Je ne m'enfuis pas… Toi, toi… » Leurs ombres font un ballet sur le mur. Il lui murmure des mots qu'elle ne comprend pas. Il la regarde longuement dans les yeux, cherchant au fond d'elle le mystère de son amour. Lui murmurer encore et encore des phrases en demi-lune, des phrases d'aurore rouge, des phrases d'avant les grandes pluies, des phrases de marées d'équinoxe. Ils s'aiment à deux pas de Lila, au pied du lit. Ils sont transportés, libres, déliés. Marie se lève la première, observe Lila. Elle dort, son souffle est régulier. Elle paraît si jeune.

Marie fait du café. Ils se retrouvent dans la cuisine. Firmin lui révèle tout ce qu'il sait. Les deux policiers reconstituent le puzzle de la vie de la jeune fille. Ils n'ont que très peu de temps pour agir. Dans quelques heures, les hommes des services secrets vont faire leur apparition. Il faut gagner du temps. Donner à Lila le répit nécessaire pour prendre une décision. S'éloigner du tumulte ou au contraire reprendre contact avec ses parents ? À l'aube, ils l'entendent bouger dans la chambre. Marie se précipite vers elle, lui murmure quelque chose. Lila a les paupières gonflées de sommeil. Ses cheveux ébouriffés lui cachent la moitié du visage. Elle a l'air d'une adolescente boudeuse. Marie chuchote à son oreille pendant une longue minute. Lila dit « oui » à Marie en opinant du menton. Elle sourit. Les deux femmes s'habillent à la hâte, descendent l'escalier en silence, précédées de Firmin. Les trois ombres montent dans la voiture du commandant Degas. Sans un mot, ils se dirigent vers la gare Montparnasse. Paris est plus silencieux qu'un mort. Les rues donnent l'impression de n'être qu'un décor de carton-pâte. Gare Montparnasse, les quais commencent à se peupler. Après avoir attendu une petite heure, les deux femmes attrapent le premier train pour La Rochelle, sans un mot. Elles partent à La Flotte, sur l'île de Ré, dans la maison de Marie. Là-bas, Lila prendra le temps de réfléchir à son destin. Marie a trois jours de congé. Elles feront de longues promenades sur le front de mer. Ensuite, elles rentreront à Paris. Il n'y a rien d'autre à dire. Rien. Au cours du voyage, Lila ne desserre pas les mâchoires. Elle reste prostrée. Interdite.

Épilogue

L'affaire n'eut droit qu'à quelques lignes dans l'édition locale de *Sud-Ouest*, à La Rochelle. La police du pont de l'île de Ré reçut un appel anonyme. Sur la balustrade du pont, on avait trouvé un sac à main contenant un livre de Le Clézio. Quelques jours plus tard, les fonctionnaires récupérèrent un trench-coat, un mocassin beige et un chemisier bleu sur la plage de Sablanceaux. Ces vêtements appartenaient à une femme, d'origine aisée. Selon la main courante du commissariat de La Rochelle, elle était de taille moyenne. Malgré les recherches qui durèrent plusieurs jours, aucun corps de femme de taille moyenne ne fut retrouvé. Le cas était assez rare pour être signalé, les suicides étant fréquents sur cette arabesque de béton et d'acier de trois kilomètres de long, dont le point culminant, au-dessus des eaux de l'Atlantique, se situe à quarante-deux mètres de hauteur. Généralement, les courants entraînent les corps du côté de Rivedoux, sur la côte orientale de l'île. Mais manifestement, cette fois, la noyée, pour des raisons mystérieuses, avait été portée vers le grand large, direction l'Amérique. Certains marins affirmèrent qu'elle avait pu être dévorée par des prédateurs rôdant dans les eaux du port de La Pallice.

Ce cas intrigua le correspondant de l'Agence France Presse. Il rédigea une dépêche sur le mystère de la suicidée du pont de Ré. En haut lieu, on remarqua aussitôt l'information. Il n'y avait aucun doute : le trench-coat et le sac à main appartenaient à France. De nouvelles recherches furent entreprises pour la retrouver. Elles durèrent plusieurs mois. Sans résultat.

À Paris, Marie fut entendue par les hommes des services secrets. Elle leur dit et leur répéta qu'elle avait vu « Lila » pour la dernière fois quand elle s'était enfuie dans le métro, à la station Cité. Non, cette dernière ne lui avait rien dit à la sortie du siège de la PJ. Comment aurait-elle pu lui parler puisqu'elle était mutique ? Ils l'interrogèrent aussi sur Marta. Selon eux, elle s'était volatilisée et n'avait pas attendu la réponse à sa demande de permis de séjour. Marie leur répondit qu'elle n'avait jamais entendu parler d'une quelconque Marta. « Lila » ne lui avait rien confié, à l'exception du livre de Le Clézio sur Frida Khalo et Diego Rivera. Avait-elle revu Georges Compliment après la clôture de l'enquête officielle ? Non, bien sûr. Elle avait d'autres chats à fouetter. Pourquoi perdre son temps avec un inoffensif encadreur de tableaux alors que tant de criminels courent les rues ? Ce type n'avait aucun intérêt pour la police. C'était un gentil affabulateur. Un mythomane au petit pied, sans envergure. Marie fut alors informée que Georges était parti rejoindre son oncle à Cuba. Ne trouvait-elle pas curieux ce départ soudain pour un type qui détestait les voyages ? Oui c'était curieux. Très curieux, répondit-elle, l'air intrigué. Marie fit la moue, prit congé des enquêteurs. Lorsqu'elle fut hors de portée de leurs regards, elle sourit. L'index pointé sur elle avait disparu.

Photocomposition Nord Compo
Villeneuve-d'Ascq

Pour l'éditeur, le principe est d'utiliser des papiers composés de fibres naturelles, renouvelables, recyclables et fabriquées à partir de bois issus de forêts qui adoptent un système d'aménagement durable.
En outre, l'éditeur attend de ses fournisseurs de papier qu'ils s'inscrivent dans une démarche de certification environnementale reconnue.

CET OUVRAGE
A ÉTÉ ACHEVÉ D'IMPRIMER
SUR ROTO-PAGE
PAR L'IMPRIMERIE FLOCH
À MAYENNE EN SEPTEMBRE 2009

Imprimé en France
Dépôt légal : octobre 2009.
N° d'imprimeur : 74518.
35-33-3766-9/01